乱
筍
武
林

난검무림 6〈완결〉

초판 1쇄 인쇄일 2015년 7월 29일 | **초판 1쇄 발행일** 2015년 7월 31일

지은이 용우 | **펴낸이** 곽중열 | **담당편집 팀장** 이범수
편집부 신연제 이윤아 김호성 김은경

펴낸곳 (주)조은세상 | **출판등록** 제 2002-23호
주소 경기도 연천군 미산면 청정로 1355
TEL 편집부 02)587-2966 | FAX 02)587-2922
e-mail bukdu@comics21c.co.kr

©용우 2015
ISBN 979-11-5832-198-7 | ISBN 979-11-5512-995-1(set) | 값 8,000원

※잘못 만들어진 책은 바꿔 드립니다.
※저자와의 협의에 의해 인지는 생략합니다.

난검무림

용우 신무협 장편소설

6
완결

NEO ORIENTAL FANTASY STORY

북두
(조)조은세상

NEO ORIENTAL FANTASY STORY

난검두림

第1章.

亂氣武林 난검두림

第1章.

푸확-!

권풍의 날카로운 기세가 옆구리를 스쳐 지나가자 아릿한 고통과 함께 피가 흘러나온다.

고통에 신경 쓸 틈도 없이 아래에서부터 솟아오르는 무릎을 허리를 젖혀 피해낸 태현은 어떻게든 거리를 벌리기 위해 발을 놀렸다.

하지만 감영 또한 기회를 놓치지 않겠다는 듯 끈질기게 따라 붙는다.

"놓치지 않는다!"

"큭!"

콰쾅-!

쩌저적!

굉음과 함께 부서져 나가는 대지!

두 사람의 공방에 온전한 것이 없는 주변.

무당산의 초입은 이미 그 본래의 모습을 찾을 수 없을
정도였고, 둘의 싸움을 지켜보고 있던 사람들은 연신 뒤
로 물러서기 바빴다.

싸움이 이어질수록 그 피해 반경이 넓어지고 있었다.

"물러서라!"

"뒤로 물러서!"

연신 소리를 지르며 물러서는 수하들을 뒤로 한 채 태
현과 감영의 싸움은 점점 치열해진다.

웅웅-.

청홍이 울음을 터트리며 사방을 점한다.

태현의 앞으로 푸른 장막이 생겨나고.

"검막(劍幕)? 소용없다!"

감영의 눈에 잠시 이채가 서리지만 그뿐이다.

어느새 그의 주먹 가득 모여든 붉은 강기가 검막을 강
하게 내려친다.

쩌저정!

굉음과 함께 터져나가는 검막!

10

하지만 그 짧은 순간 태현의 신형은 뒤로 피해낸 뒤였다.

"쯧."

짧게 혀를 차며 몸을 일으키는 감영.

어떻게든 거리를 벌리지 않기 위해 노력했건만 작은 틈으로 인해 거리가 벌어져 버렸다.

"후우… 후!"

거리가 벌어지긴 했지만 나쁜 것만은 아니었다.

제대로 된 호흡도 없이 움직이던 상황이었기에 숨을 고를 수 있는 좋은 기회가 생겼으니까.

거칠어진 호흡을 고르는 둘.

서로는 노려보는 그 시선은 예리하다 못해 차갑다.

"그 짧은 동안 무슨 짓을 한 거지?"

"제법 노력했지."

"제법이란 말로 설명하기엔 당혹스럽군."

감영은 솔직하게 자신의 마음을 드러냈다.

이전의 싸움만 떠올리더라도 태현의 실력이 제법이긴 했지만 자신보단 떨어지는 부분이 있었다.

헌데, 지금은 전혀 그런 모습을 보이지 않고 있었다.

'나도 그때보다 얻은 것이 많다고 생각했건만… 놈은 나보다 더 한 것을 얻은 모양이로군.'

속이 쓰다.

하지만 감영도 이대로 질 생각은 조금도 없었다.

아니, 오히려 이런 싸움이야 말로 그가 바라던 것이다.

"전력을 다 할 수 있는 싸움이야 말로 내가 진정으로 바라던 것. 좋군. 좋아!"

웃음을 드러내는 감영의 몸 주변으로 넘실거리는 투기(鬪氣)!

갑작스런 그의 모습에 태현은 얼굴을 찌푸리면서도 내공을 끌어올렸다.

어느새 주변은 진득한 기(氣)로 가득하다.

당장이라도 폭발할 것 같은.

우웅. 웅-!

둘 간의 기세가 점차 높아지고.

다시 두 사람의 신형이 사라진다.

†

휙- 서컥!

쩌저적!

천마의 손짓 하나에 땅이 갈라지고, 하늘 높이 떠돌던 구름이 흩어진다.

마신(魔神)이란 이름이 절대 허명이 아니라는 듯 하늘을 뒤덮는 마기와 그 강렬한 무공은 보는 이들로 하여금 섬뜩함을 느끼게 만들기에 부족함이 없다.

허나, 그런 천마를 상대하고 있는 철무진의 얼굴 위엔 작은 미소만이 가득하다.

천마와의 싸움이 즐겁다는 표정이 역력한 그.

그 얼굴이…

천마는 마음에 들지 않았다.

"쯧."

혀를 차는 천마.

놈의 얼굴을 엉망으로 만들어 주고 싶으나 자신의 공격은 모조리 무위로 돌아가고 있었다.

단순히 피해내는 것이 아니라 적절히 자신의 공격을 막아내고 있었다. 그것도 여유 있게.

그것이 뜻하는 바는 하나.

철무진의 실력이 자신과 대등하다는 것이었다.

우뚝.

그것을 인지하는 순간 천마가 움직임을 멈췄고, 철무진 역시 적당한 거리를 두고 자리에 멈춰 섰다.

"후… 네놈 정체가 뭐지?"

"이제야 궁금한 모양이지?"

웃으며 대응하는 자신의 얼굴에 당장이라도 한 방 먹였으면 좋겠다는 표정을 짓는 천마를 보며 철무진은 웃었다.

"죽은 사람 소원도 들어 준다는데, 죽을 사람 소원쯤이야 우습지. 말해봐. 뭐든 대답해 주지."

"오만하군."

"크크큭! 실력이 있으니까."

"……."

얼굴을 찡그릴 뿐 입을 열지 않는 천마.

"무신 그 영감이랑 만났을 테니, 내 정체에 대해선 대충 알고 있을 것이고… 자, 물어봐. 뭐가 궁금하지?"

"…네놈의 목적은?"

"천하를 손에 쥐는 것. 당연한 것 아닌가?"

"당연하다라… 하긴 무인으로서 그 정도 배포는 있어야지."

"그러기 위해 꽤 준비를 많이 했지."

"그런 것 치곤 치졸한 짓을 제법 한 모양이더군."

천마의 비꼼에도 철무진은 웃었다.

아니, 오히려 그 물음을 기다렸다는 듯 입을 연다.

"무림은 만만한 곳이 아니니, 철저히 준비를 해야지. 그래야… 뿌리까지 싹 뽑아 버릴 수 있거든."

차갑다 못해 살기까지 느껴지는 그의 말에 천마의 얼굴이 굳는다.

"철저하게 짓밟아 두 번 다시 일어서지 못하도록 만들 계획이지. 어설픈 뒤처리는 탈이 나기 마련이니까. 그러기 위해 오랜 시간과 공을 들여 차후 위험이 될 만한 자들을 하나, 하나 처분했지."

"갑작스레 멸문 당한 곳들이 많다 싶었더니 네놈 짓이었나?"

"모든 가능성을 없애야 하니까."

웃으며 대답하는 철무진을 보는 천마의 몸 주변으로 거대한 마기가 몰아치기 시작한다.

검은 마기가 하늘을 뒤덮는다.

뼛속까지 저릴 정도로 강렬한 마기의 폭풍 속에 철무진 역시 기운을 끌어올리며 대항하기 시작했다.

고오오-.

붉은 기운이 사방을 휘감는다.

두 사람의 검붉은 기운이 섞이며 하늘을 뒤덮고도 사방으로 뻗어나간다.

파직, 팟!

거센 둘의 기 싸움에 번개가 몰아치듯 곳곳에서 기묘한 소리가 울려 퍼지고, 강대한 기를 버티지 못한 돌과 땅

15

들이 부서져 나간다.

파삭, 콰직.

으드득.

기묘한 소리가 주변을 가득 채워 나간다.

"좋아, 본격적으로… 놀아보자고."

그 말과 함께 철무진의 얼굴에서 미소가 사라진다.

†

쩌어엉!

귀를 울리는 커다란 소리와 함께 태현이 이를 갈며 뒤
로 물러선다.

벌써 몇 차례나 감영의 몸을 직접 때렸지만 그때마다
불괴흑마공(不壞黑魔功)에 의해 무력화 되고 있었다.

그야 말로 무적의 방패.

'대체 어디가 약점인거야!'

으득!

도저히 약점이 보이질 않았다.

이전의 싸움에서 보았던 놈의 약점은 어느새 보완한
것인지 통용되지도 않았다.

하지만 이는 감영 역시 마찬가지였다.

본래 자신보다 조금이지만 빠른 태현이었는데, 지금은 한 발 이상 차이가 나고 있었다.

고수의 싸움에서 한 발이라는 것은 어마어마한 차이를 만들어 낸다.

그 결과 벌써 몇 차례나 놈의 공격을 허용하고 있었다.

'충격이 크다. 이대로는… 소모전이 될 뿐.'

태현은 눈치 채지 못하고 있지만 그의 공격이 헛된 것은 아니었다.

비록 막히긴 했으나 그 충격이 감영의 몸에 쌓이기 시작한 것이다. 빠르게 풀어내곤 있지만 어디까지나 한계는 존재하는 법.

여기에 눈앞의 가득 채우고 날아드는 검은 두렵기까지 하다.

'최강의 창… 아니, 검이로군. 쯧!'

둘의 시선이 부딪치고 다시 한 번 서로를 향해 달려든다.

전력으로 부딪치는 두 사람의 싸움은 이제 각기 장점이 극명할 정도로 드러나고 있었다.

섬광과도 같은 빠르기의 태현.

철벽과도 같은 완벽함의 감영.

어느 한 쪽이 밀리는 순간 싸움이 끝날 것이란 것은

굳이 두 사람이 아니라, 이 싸움을 지켜보고 있는 모두
가 알 수 있었다.

쿠앙-!

놈의 강기가 머리를 스쳐 지나가 뒤편에서 굉음과 함
께 폭발한다.

피하는 것이 조금만 늦었어도 머리가 사라졌을 것이란
생각에 온 몸의 피가 싸늘하게 식는 기분이다.

하지만 그것을 체감할 틈도 없이 태현은 빠르게 발과
손을 놀렸다.

휘휘휙!

쐐애액!

전방을 가득 메우며 날아가는 청홍검!

그 빠르기와 눈을 어지럽히는 검은 무림 누구라 하더
라도 살기 위해 몸을 피해낼 테지만, 상대는 달랐다.

반대로 몸을 던져온다.

쩌저정!

"큭!"

굉음과 함께 튕겨나는 청홍검을 붙들기 위해 손아귀에
힘을 주는 태현.

무식하리라 만치 불괴흑마공을 믿고 몸을 날려드는 감

영을 막아내기란 결코 쉬운 일이 아니었다.

거기에 공격 하나하나에 담긴 힘은 어마어마하다.

피하지 않고 막는 것만으로도 큰 피해를 볼 정도로.

파바밧.

쉴 틈 없이 발을 놀려 겨우 공격의 범위를 벗어난 태현이 다시 한 번 검을 휘두른다.

지독하리라 만치 지겨운 공방이 이어진다.

하지만 시간이 길어질수록 조금씩 태현이 승기를 잡기 시작했다.

어마하리라 만치 소모되는 내공.

내공에 있어 그 끝이 없을 정도로 막대한 양을 지닌 태현이기에 지금의 소모 정도는 아무것도 아니었다.

반대로 감영의 경우엔 죽을 맛이었다.

공격을 최대한 줄이고 내공의 소모를 막아보지만 소용없는 일이었다.

불괴흑마공 자체가 막대한 내공을 필요로 하기 때문이다.

'위험하군.'

찌릿, 찌릿.

단전에서 보내오는 신호에 자신도 모르게 인상을 쓰는 감영.

아직 싸움의 끝이 보이지 않는 가운데 내공이 떨어져 가고 있었다.

그에 반해 태현의 얼굴에선 아직도 여유가 느껴진다.

자신보다 월등히 많은 내공을 지니고 있다는 뜻이었다.

게다가 쉬지 않고 공격을 하고 있음에도 불구하고 자신과 비등하게 견주고 있다는 것은 애초 자신보다 많은 내공을 지니고 있음을 알리고 있었다.

'성급했군. 빌어먹을!'

뒤늦게 후회가 몰려오지만 그뿐이다.

벌어진 일을 되돌릴 순 없기 때문이다.

대신 감영은 철저히 태현을 살폈다. 자신의 내공이 떨어지기 전 어떻게든 승부를 볼 생각으로.

작은 틈.

그것 하나면 충분했다.

자신의 틈을 노리는 감영을 보며 태현은 더욱 거칠게 공격을 쏟아 부었다.

틈을 보이지 않기 위해 움츠러드는 것보다 더욱 적극적으로 공격을 쏟아내는 것이 더 나은 일이기 때문이다.

떠더덩! 떵!

손바닥을 타고 청홍검의 울림이 연신 전달된다.

이젠 익숙해질 대로 익숙해져버린 고통을 뒤로 하고 태현은 내공을 더욱 끌어올렸다.

우웅-. 웅!

청홍검이 비명을 토해낸다.

제 아무리 청홍검이라 하더라도 끝도 없이 이어지는 태현의 내공을 버티는 것이 힘들어지기 시작한 것이다.

초고속으로 움직이는 태현의 움직임엔 의외로 빈틈이 없다.

최소한의 동작으로 최대한의 효과를 낸다.

'이제… 끝나간다.'

직감적으로 느꼈다.

이 지루한 싸움의 끝이 머지않았음을.

쩌적, 쩍!

귀에 선명하게 들리는 파열음.

불괴흑마공이 한계에 달해 조금씩 부서져 나가고 있었다.

으득!

이를 악물고 어떻게든 태현의 빈틈을 찾아보려 했지만 찾을 수 없었다.

'완전히 달라졌군.'

인정하지 않을 수 없었다.

아니, 벌써 이전부터 태현을 인정하고 있었지만 이젠
확실히 납득했다.

자신으로선 그의 상대가 될 수 없음을.

'하지만…! 이대로 끝낼 순 없지.'

"합!"

쾅-!

기합과 함께 숨겨왔던 주먹을 강하게 내뻗어 태현을
물러서게 한 감영.

갑작스런 공격이었지만 어렵지 않게 피해낸 태현은 이
어서 움직이려다 감영에게서 느껴지는 기세가 심상치 않
음을 깨닫고 뒤로 물러섰다.

충분한 거리를 두고 멀어진 두 사람.

거칠어진 호흡을 다스리며 서로에게서 눈을 때지 않
는다.

욱씬, 욱씬.

온 몸에서 비명을 내지르지만 감영은 천천히 몸 안의
모든 기운을 끌어올렸다.

'한번. 딱 한 번이다.'

우웅, 웅.

그의 오른 주먹에 막대한 기운이 몰려든다.

22

그것을 확인한 태현 역시 청홍에 내공을 불어 넣기 시작했다.

"이걸로… 끝이로군."

서로의 긴장감이 높아지고 있을 때 먼저 입을 연 것은 감영이었다.

갑작스런 말이었지만 태현은 침착하게 고개를 끄덕였다.

서로가 이번의 한 수로 승부가 날 것이라 보고 있는 것이다.

"내가 원하던 것이 바로 이런 것이었어. 나 자신의 모든 것을 토해 낼 수 있는 싸움. 이런 싸움을 할 수 있어서… 진정으로 난 기쁘다."

"나 역시."

짧은 태현의 대답에 감영은 웃었다.

그리고.

두 사람의 신형이 교차한다.

†

쩡-!

귀를 울리는 소리와 온 몸에 전달되는 강렬한 힘의 기운에 천마의 얼굴이 일그러진다.

전력을 쏟아 붇기 시작하고 벌서 한 시진.

마신이라 불리는 자신이 전력을 쏟아낸 것만 해도 굉장한 일인데 상대는 그런 자신의 전력을 어렵지 않게 받아내고 있었다.

이것이 뜻하는 바는 단 하나.

'빌어먹을! 그놈 말을 듣는 건데!'

뒤늦게 이를 악물어보지만 이미 상황은 늦었다.

인정하기 싫지만 철무진은 천마로서도 감당하기 어려운 괴물이었다.

무림에 다시없을 괴물 말이다.

하지만 천마를 가장 놀라게 한 것은 철무진에게 천마신공이 통하지 않는다는 것이었다.

천마신공의 핵심이라 할 수 있는 천마기(天魔氣)가 놈에게 먹혀들지 않고 있었다.

그리고 이런 현상이 벌어지는 이유는 천마가 알고 있기로 단 하나 밖에 없었다.

"네놈! 혈마와는 무슨 관계냐!"

"크크큭! 이제야 눈치 챈 건가?"

천마의 물음에 뒤로 물러서 거리를 벌린 철무신이 광소를 터트린다.

혈마(血魔).

과거 천하를 피로 물들였던 최악의 무인이며 또한 최강의 무인 중 한 사람으로 기록되어 있는 자.

그리고 대를 이어 나타나는 자.

언제부터 그가 존재했는지 알 수 없으나, 분명 한 것은 잊혀 질 때쯤이면 나타나 무림에 혈풍을 일으켰다는 것이다.

때론 남자였고, 때론 여자였으며 어리고 늙음을 가리지 않았다.

어떤 식으로 혈마의 무공이 이어지는 것인지 누구도 알 수 없었다. 다만 분명한 것은 혈마의 이름을 이어 받은 자들은 하나 같이 피를 갈구했으며, 그 능력이 하늘에 닿아 있었다는 것이다.

무림에서 혈마에 대해 가장 잘 알고 있는 곳은 천마신교다.

당연한 일이었다.

혈마는 본래 천마신교의 무인이었으니까.

그가 천마와 마찰을 일으키고 큰 사고를 친 뒤 신교를 떠났다는 사실은 역대 천마들에게 은밀하게 전해져 내려오는 이야기였다.

중요한 것은.

혈마에겐 천마신공이 통하지 않는다는 것이었다.

어떠한 연유로 그러는 것인지에 대해선 전해져 내려오지 않으나 천마 대대로 이어져 내려오는 구전엔 혈마에 대해 절대 피해야 할 상대라 정의하고 있었다.

그만큼 혈마의 능력은 천마에게 천적과 다름없었다.

과거 혈마에게 살해당한 천마가 실제로 존재했고 말이다.

"더 이상 감출 필요는 없겠군."

웃음을 거둔 철무진의 몸에서 붉은 기운이 피어오르더니 얼마 지나지 않아 사방을 가득 메워나간다.

천마의 마기에 팽팽하게 대항하며 사방을 휘젓는 혈기(血氣).

움찔, 움찔.

천적이 나타났음을 아는 것인지 천마의 마기가 연신 요동친다.

굳은 천마의 얼굴을 보며 철무진이 입을 열었다.

"이 정도는 해야… 무림을 먹어 치우지 않겠어?"

NEO ORIENTAL FANTASY STORY

第 2 章.

亂刀武林 난검두림

第 2 章.

"극검(極劍)."

날카로운 눈빛과 함께 태현의 손에서 최강의 초식이
터져 나온다.

허공을 단축시키고 날아드는 한줄기 섬광!

그 광경에… 감영은 모든 것을 포기했다.

마지막 일격을 실패한 그 순간 이미 끝난 싸움이었고,
자신을 향해 날아드는 검은 다시 해보겠단 의지마저 베어
내고 있었다.

스컥-.

짧고 강렬한 소리와 함께 어느새 태현의 청홍검이 검집

안으로 모습을 감춘다.

"후욱, 후우…."

거칠어진 숨을 가다듬는 태현의 온 몸은 땀으로 가득하다.

상처로 인해 흐르던 피는 어느새 완전히 멈춘 뒤다.

쿵!

작은 소음과 함께 하늘을 보며 땅에 쓰러지는 감영.

어느새 그의 가슴을 가로지르는 상처에서 피가 조금씩, 조금씩 흘러나오기 시작했다.

"허무하군."

자신에게 다가선 태현을 향해 하늘을 바라보며 말하는 감영.

그의 두 눈 가득 하늘의 푸름이 비친다.

"조심해라. 그는… 그는 진정한 괴물이니까. 하긴 내가 보기엔 네놈도 괴물이지만."

그의 몸에서 흘러내리는 피의 양이 점차 많아진다.

"그의 목표는 무림에서 끝나지 않… 을 거다. 욕심이 많은 자니까. 큭큭… 하늘이 이렇게 푸르렀던가."

웃는 감영의 눈이 점차 탁해진다.

"조심… 해라. 네 실력…으론 그를 막… 을 수 없을… 테니. 하긴… 네놈도 괴…물이니. 어쩌면… 큭큭큭."

30

스륵.

웃던 그의 눈이 감긴다.

가파르게 오르내리던 가슴도 멈춘다.

쩌억!

벌어지는 가슴.

검붉은 피가 왈칵 쏟아진다.

감영의 최후였다.

죽은 감영을 내려다보던 태현은 입이 썼다.

만약 무신에게 구함을 받지 못했다면 지금의 결과는
존재할 수 없었을 것이다.

게다가 적이라곤 하지만 그는 무인이었다.

진정한 무인.

천천히 고개를 들자 움찔거리며 움직이지 못하고 있는
철혈성 무인들이 눈에 들어온다.

감영의 죽음에 당황한 듯 했으나 얼마 지나지 않아 태
세를 정비한 듯 기세를 피워 올린다.

책임자라 할 수 있는 감영이 태현의 손에 죽었음에도
성주에게 받은 명령을 완수하려는 것이다.

그들의 기세가 사뭇 대단하다.

"준비는 됐겠지?"

하지만 태현은 걱정하지 않고 뒤를 바라본다.

어느 사이에 저 멀리서 일단의 무리가 빠른 속도로 접근하고 있었다.

무당을 돕기 위해 달려온 속가제자들이었다.

태현이 이끄는 특무대 역시 태현의 승리를 지켜보며 기세를 올리고 있었다.

†

단 며칠 사이에 무림에 쏟아진 충격이란 어마어마한 것이었다.

사천이 철혈성의 수중에 완전히 떨어졌으며, 무신과 철혈성주의 싸움에 참견했던 천마가 철혈성주에게 패퇴했다.

철혈성주에게 천마가 패했다는 것은 그야 말로 무림을 뒤흔들기에 부족함이 없었다.

특히 싸움 막판에 무신이 달려들었음에도 불구하고 그를 제압하지 못하고 밀렸다는 것은 무수히 많은 이야기를 만들어내고도 남음이 있었다.

철혈성의 움직임은 거기에서 멈추지 않았다.

사천을 집어 삼킨 그들은 곧이어 귀주, 중경, 광서, 광동을 집어삼켰을 뿐만 아니라 공공연하게 천하정벌을 외치기 시작했다.

어쩌면 당연한 이야기였다.

신(神)으로 불리던 무신과 천마를 물리친 철혈성주다.

천하제일을 논함에 부족함이 없다.

무림이 격변하고 있었다.

그나마 다행이라면 무당에서의 싸움에서 무림맹이 승리했다는 것이었다.

그 과정에서 혁혁한 공을 세운 태현의 이름이 크게 알려지기 시작했다.

"부담스러운데…."

무림맹 내부를 걷고 있을 뿐인데도 주변에서 쏟아지는 시선에 태현은 얼굴을 찡그렸다.

자신에게 과도하게 쏟아지는 시선이 부담스러운 것이다.

그러면서도 어찌 할 수 없는 것은 이 모든 것이 의도된 상황이기 때문이었다.

철혈성에게 크게 당한 무림맹이다.

상황을 뒤집기 위해 많은 노력을 해야 하는 상황이고, 그 중심에 태현을 두고 있었다.

새로운 영웅을 만들 필요가 있기 때문이었다.

그 일환으로 과할 정도로 무림맹에선 태현에 대한 소문을 퍼트리고 있었다.

그 여파가 이런 식으로 이어지고 있는 것이고 말이다.

사람들의 시선을 받으며 태현이 향한 곳은 맹주의 집무실이었다.

"어서오너라."

"부르셨습니까."

고개를 숙이고 들어오는 태현을 반기며 맞은편에 앉힌 무신이 직접 차를 내온다.

잠시간의 시간이 흐르고 무신이 먼저 입을 열었다.

"철혈성주가 혈마라는 것을 알고 있는 사람은 당장은 극소수에 불과하지만 그리 오래갈 비밀은 아니지. 그날 그의 모습을 본 사람이 한 두 사람이 아니니, 시간이 지나면 눈치 채는 자들이 분명 나올 것이야."

"혈마의 등장이 알려지면 무림은 더 시끄러워질 겁니다."

"그렇겠지. 하지만 그보다 문제인 것은 그를 막을 수 있는 사람이 당장 없다는 것이겠지."

굳은 표정의 무신.

이미 천마와의 합격으로도 철혈성주를 이길 수 없었

34

다. 그 말은 즉 단독으론 결코 상대 할 수 없다는 말과 같았다.

다시 말해 그가 나선 싸움에선 그를 막아설 수 없다는 것과 같은 말이다.

"최악의 경우까지 생각해야 하겠군요."

"아무래도 그렇겠지. 전에도 말했지만… 놈을 이길 수 있는 가능성을 지닌 사람이 있다면 네가 유일할 것이다."

무신의 시선과 태현의 시선이 마주친다.

"하지만 전…."

"당장 그의 상대가 될 것이라 하진 않았다. 네가 배워야 하는 것은 아직도 많이 남았음이니."

빙긋 웃은 무신은 본론을 꺼내 들었다.

"신교로 가거라."

"신교로 말입니까?"

"이야기를 이미 끝내놓았다. 가서 천마의 가르침을 받도록 해라."

깜짝 놀라는 태현.

아니, 누구라도 놀랄 수밖에 없을 것이다.

비록 철혈성주에게 밀렸다곤 하나 무신과 마신으로 불리며 천하무림의 정점에 섰던 두 사람이다.

두 사람의 가르침을 한 몸에 받을 수 있다는 것은 엄청난 일이었다.

일전에도 신교로 가서 약간의 가르침을 받은 적은 있지만 이번엔 그때완 전혀 다른 일일 것임이 분명했다.

"네가 하루라도 빨리 성장하는 것이 그를 막을 수 있는 방법이 될 것이다."

잠시 뜸을 들인 그가 다시 말을 이었다.

"시간이 걸리는 일이 될 수도 있지만… 어떻게든 버텨보마. 넌 네가 할 수 있는 최선을 다해라. 그것이면 충분하다."

믿음이 가득한 무신의 눈을 보며 태현은 조용히 고개를 끄덕였다.

"분위기가…."

천마신교의 입구에서부터 느껴지는 범상치 않은 기운에 태현이 인상을 쓴다.

과할 정도로 긴장되어 있는 분위기를 둘 치고, 십만대산 전체를 뒤덮다시피 하는 마기가 연신 끈적거리며 몸에 들러붙는다.

마도인이 아닌 태현으로선 결코 좋은 기분은 아니었지만 침착하게 안내를 따라 안으로 향했다.

'심각하군.'

안쪽의 상황은 더했다.

어딜 보나 경직되어 있는 것이 직접 느껴질 정도로 신교 전체가 굳어 있었다.

이 모든 것이 천마가 철혈성주, 아니 혈마에게 패했기에 벌어진 현상이었다.

신교의 자존심이라 할 수 있는 천마가 패배했으니 어찌 보면 당연한 일이라 할 수 있을 것이었다.

당장 복수하겠다며 중원으로 뛰쳐나가지 않을 것만 해도 다행이라 할 지경이었다.

그렇게 한참을 움직인 끝에 태현은 한 사람과 마주 앉을 수 있었다.

"후… 분위기가 좀 그렇지?"

"이해합니다."

"어쩔 수 없는 일이니, 자네가 이해를 부탁하네."

쓰게 웃으며 말하는 마뇌의 얼굴엔 피곤함이 가득하다.

당장 뛰쳐나가려는 마인들을 힘겹게 붙든 것이 바로 그이기 때문이다.

게다가 그 뒤로도 각종 소동의 연속이라 요 며칠 사이 제대로 된 휴식을 취한 것이 손에 꼽을 지경이었다.

꾹꾹.

연신 엄지와 검지로 이마를 지압하며 그가 말을 시작했다.

"자네도 알고 있겠지만 본교의 상황이 좋지 않네. 이런 상황에서 교의 인물도 아닌 자네를 받아들인 것은 상당히 위험한 일이지만… 어쩔 수 없는 일인 것이겠지."

"죄송합니다."

"됐네. 혈마가 상대라면 어쩔 수 없는 일이니… 어쨌거나 당분간 자네는 될 수 있으면 거처에서 나오지 말게. 필요한 것이 있다면 하인들에게 말하면 어지간한 것은 다들 구해 줄 것이고, 교주님과의 수련은 폐관실에서 이루어질 것이네."

태현의 존재를 최대한 다른 사람들에게 내보이지 않으려는 마뇌.

당연한 일이었다.

조금만 일이 벌어져도 폭발할 것 같은 신교의 상황이니 작은 것 하나도 조심해야했다.

오히려 태현을 지금 받아들인 것 자체도 크나큰 위협이지만 교주인 천마가 허락을 한 이상 어쩔 수 없는 일일 것이다.

혈마에게 패하긴 했으나 천마는 천마였으니까.

"자네에게 짐을 씌우는 것 같아 미안하긴 하네만, 부탁

함세."

　많은 것을 의미하는 그의 말에 태현은 말없이 고개를 끄덕였다.

　그러고 나서도 이틀이 지나서야 태현은 천마와 대면할 수 있었다.

†

　움찔, 움찔.

　연신 떨리는 근육을 보며 철무진은 얼굴을 찡그렸다.

　그날의 싸움이후 때때로 근육이 긴장하며 놀라고 있었다.

　"망할 늙은이들 같으니."

　짧게 혀를 차는 그.

　이 모든 것이 마지막 순간 자신에게 협공을 펼친 두 사람 때문이었다.

　천마와 무신.

　둘의 공격을 받아낼 자신이 충분히 있다고 생각했던 그이지만 실제로 받아보니 보통 어려운 것이 아니었다.

　무림에선 자신에게 패해 도망쳤다 알려져 있지만 실제로는 그렇지 않았다.

쉽게 승부를 가를 수 없어 그 정도에서 그만둔 것이라 봐야 맞은 것이다.

툭, 툭.

습관적으로 태사의의 팔걸이를 손가락으로 두드리는 그.

계획대로 많은 것이 진행되어 무림의 삼분지 일을 집어 삼켰다 해도 과언이 아닐 정도로 철혈성은 빠르게 성장하고 있었다.

그럼에도 그가 마음에 들어 하지 않는 것은 얻은 것에 비해 잃은 것이 크다 생각했기 때문이었다.

바로 감영이었다.

다른 팔영의 빈자리는 다른 인원으로 충분히 채울 수 있는 것들이었지만, 감영은 아니었다.

우직하게 충성을 받칠 뿐만 아니라 무공에 대한 재능도 뛰어난 자였다.

다시 말해 철혈성의 튼실한 기둥이 될 자였던 것이다.

제 아무리 철무진 본인이 강하다 하더라도 그 주변을 받쳐주는 이들이 없다면 철혈성이란 거대한 세력은 그의 생각처럼 움직이지 못하고 표류하게 될 것이다.

그것을 막기 위해 만든 것이 팔영이었지 않던가.

'팔영의 핵심이라 할 수 있는 자영과 감영 두 사람 중 감영이 죽다니… 아무리 생각해도 피해가 너무 커.'

40

"쯧."

짧게 혀를 찬다.

차라리 사천을 손에 넣는 것을 실패하고 감영이 살아 돌아오는 것이 훨씬 더 나은 일이었을 것이다.

하지만 이미 일은 벌어졌고, 죽은 자는 살아오지 않는다.

"자영과 황영을 불러라."

"명."

그의 명령에 밖에서 대기하고 있던 무인이 대답하며 사라졌고, 얼마 지나지 않아 두 사람이 철무진의 방에 들어섰다.

"성주님을 뵙습니다!"

동시에 외치는 두 사람을 향해 대충 손을 저어 인사한 그가 황영을 보며 물었다.

"일은?"

"중원 무림 전체 상권의 3할이 멈춰 섰습니다. 며칠 안으로 4할까지 멈춰 설 것으로 예상되지만… 그 이상은 어려울 것이란 판단입니다."

"관이 움직이는가?"

"예. 벌써부터 움직일 기미가 보이고 있습니다. 그렇지 않아도 식량 사정이 좋지 못한 올해이다 보니 상권이 죽으며 원활한 물류 이동이 이루어지지 않으며 곳곳에서 문제가 생기고 있습니다. 일이 더 커지기 전에 막으려는 의도 같습니다."

"대책은 충분히 세웠겠지?"

"힘을 지닌 자들에게 충분한 재물을 주어 시간을 끌도록 부탁했습니다. 완전히 막을 순 없겠으나, 충분히 시간을 지연 시켜 줄 것이라 예상합니다."

거침없이 이어지는 황영의 보고에 철무진이 고개를 끄덕인다.

이번 조치로 인해 중원 전체가 들썩 거릴 것이 분명했다.

대규모 식량난.

대형 문파가 유지되기 위해 가장 필수적인 것이 식량이다. 먹지 않고 살 수 있는 사람은 없으니까.

그렇지 않아도 흉년으로 인해 식량 사정이 좋지 못한 때에 오대상단의 하나이자 식량부분에선 독보적인 지위를 가지고 있었던 천하상단이 문을 내닫았으니 식량 부족은 더욱 가중 될 것이 분명했다.

충분히 준비를 한 철혈성과 달리 무림맹처럼 급속도로 집결한 세력에선 큰 타격일 것이다.

"마교는?"

"큰 타격이 없어 보입니다. 평상시에도 수준 이상의 식

42

량을 비축하는 것으로 알려져 있는데, 그 양이 저희가 예상했던 것보다 더 많은 수준인 것 같습니다."

"무림맹은 어떻지?"

"당장은 큰 문제로 이어지지 않고 있으나 다급히 문파에 소속 된 상단을 통해 식량을 수급하려 하고 있습니다. 비축해둔 것도 거의 없을 테고, 문제가 되는 것은 시간문제일 테니 말입니다."

보고를 마친 황영이 뒤로 물러선다.

'계획대로 돌아가고 있는 것처럼 보이지만… 조금씩 뒤틀렸던 것들이 이젠 제법 큰 균열을 일으켰군.'

눈을 감은 채 계획을 점검하던 철무진이 얼굴을 찡그린다.

본래의 계획대로 이행이 되었다면 지금 자신의 앞에 있는 사람은 황영과 자영이 아닌 팔영 전체였을 것이다.

그랬던 것이 하나 둘 줄어들더니 이젠 두 사람밖에 남질 않게 된 것이다.

처음엔 관계없었다.

팔영이라 하여 자신의 그림자와 같은 수족이라곤 하나 얼마든지 마시 키워낼 수 있는 패에 불과했으니까.

문제는 이렇게까지 일방적으로 숫자가 줄어들 것이라곤 예상치 못했다는 것에 있었다.

"그놈은?"

눈을 떠 자영을 보며 묻는 철무진.

갑작스런 물음이었음에도 자영은 기다렸다는 듯 입을
열었다.

"무림맹에서 움직이지 않는 모양입니다."

"놈의 실력이 그렇게까지 강했나?"

"예상치 못했습니다. 특히 감영에게 한 번 패한 경험이
있기에 이번 결과는…."

말끝을 흐리는 자영을 보며 철무진이 혀를 찬다.

하긴 자신이 생각해도 감영의 죽음은 의외의 것이었으
니까.

"놈을 죽여라."

차가운 한 마디.

"네게 모든 권한을 일임한다."

"존명!"

자영의 눈에 살기가 감돈다.

†

퉁!

퍼버벅! 펑-!

태현의 주먹과 발길질에 연신 허공에서 요란한 소리가
터져 나온다.

맨몸인 상체에선 끊임없이 땀이 흐르고 있었고, 덕분
에 단련된 근육이 도드라져 보인다.

동작하나하나에 의미를 가져가며 최대한 정확하게 가
져가는 태현을 보며 천마가 못마땅한 얼굴로 외쳤다.

"틀렸다! 더 자유롭게! 동작 하나하나에 의미를 줄 필
요는 없다. 목숨이 달린 싸움에서 하나하나에 의미를 부
여하는 것은 목을 길게 빼놓고 쳐달라고 하는 것과 다르
지 않다!"

"핫!"

퍼펑!

그의 말이 끝나기 무섭게 빠르게 움직이는 태현.

조금이지만 그 움직임이 부드럽다.

하지만 여전히 마음에 들지 않는 것인지 천마의 얼굴
은 펴지지 않았다.

"그만!"

털썩.

천마의 말이 떨어지기 무섭게 자리에 주저앉아 숨을
헐떡이는 태현.

"하악, 학!"

족히 두 시진은 쉬지 않고 몸을 움직였기 때문인지 주저 앉은 그의 몸 전체가 조금씩 경련을 일으키고 있었다.

어느새 다가온 천마가 냉정하게 말했다.

"앉아있지 말고 천천히 몸을 풀어라. 근육이 상한다."

"예…!"

부들부들.

겨우겨우 자리에서 몸을 일으킨 태현은 천천히 몸을 움직이며 몸 구석구석 근육을 풀어 주기 시작했다.

일련의 모습을 보고 있던 천마가 다시 말했다.

"싸움에서 항상 뜻대로 되는 것은 아니다. 오히려 뜻대로 되지 않는 경우가 더욱 많지. 그런 상황에서 유연하게 대처하지 못한다는 것은 곧 죽음으로 이르는 지름길이나 마찬가지. 때론 직감이 시키는 대로 따르는 법도 알아야 하는 법이다."

"그것과… 지금의 수련이 상관이 있습니까?"

몸을 움직이며 묻는 태현에게 천마는 고개를 흔들었다.

"전혀."

"그럼… 왜?"

의외의 대답에 잠시 움직임을 멈췄던 태현이 다시 움직이며 묻자 천마가 피식 웃었다.

"네놈의 한계를 알아야 나도 뭘 가르쳐 줄 것 아니냐. 그래도 무신 그 놈이 기초는 아주 단단히 다져놓은 것 같구나. 더 이상 기초 훈련을 할 필요는 없겠어. 지금도 쉬지 않고 기초를 다지고 있지?"

"아침저녁으로 한 시진씩 시간을 내고 있습니다."

"오늘부터 그만둬라. 기초가 중요한 것은 사실이지만 수준 이상에 오르고 난 뒤엔 유지하는 정도로만 해도 상관없다. 오히려 지금부턴 기의 운용과 힘의 사용법을 알아야 하지."

"기의 운용과 힘의 사용법… 말입니까?"

"그래."

고개를 끄덕인 천마가 손을 들어 내공을 집중시킨다.

웅웅.

작은 떨림과 함께 묵 빛의 강기가 그의 손바닥 위로 생성된다.

우웅. 웅.

떨림과 함께 다양한 변화를 일으키는 강기.

처음엔 작은 구체 모양이었으나, 천마가 힘을 주자 삼각형이 되었다가, 사각형이 되었다가 여러 모양으로 변하기 시작했다.

때론 사라졌다가 손끝에서 생성되기도 하고, 때론 손

등에서 땅을 향해 길게 늘어지기도 한다.

자유자제로 강기를 다루는 천마.

"이 정도는 너도 할 수 있겠지. 하지만…."

윙, 윙, 윙!

강기가 회전을 하기 시작하더니, 곧 눈에 보이지 않을 정도로 빠르게 변화하기 시작했다.

파바밧.

희미하다 해도 좋을 정도로 빠르게 변화하는 강기를 보며 태현은 벌어지는 입을 다물 수 없었다.

단순히 모양을 바꾸는 것이라면 태현도 할 수 있다.

하지만 저렇게 회전을 하며 빠른 속도로 변환시킨다는 것은 불가능한 일이었다.

완벽하게 강기를 제어해야 할 뿐만 아니라, 힘의 조절까지 신경 써야 하기 때문이다.

조금만 실수해도 사방으로 비산하는 강기를 볼 수 있을 터다.

당연하다는 듯 쉽사리 해내는 그 모습을 보며 태현은 아직도 자신이 가야 할 길이 멀었음을 상기 시킬 수 있었다.

"내공의 수발이 자유롭다는 것은 개인의 차이가 크긴 하지만 기본적으로 숨 쉬듯 자연스럽게 내공을 다룰 수

있을 정도가 되어야 하지. 너 정도라면… 금세 할 수 있을
거다."

고개를 끄덕이며 태현은 즉시 천마의 가르침에 따라
내공을 운용하기 시작했다.

그 모습을 보며 천마가 빙긋 웃었다.

第3章.

亂劍武妹 난검두림

第 3 章.

"그동안 놈의 행적을 쫓은 결과 항주의 진양표국과 관련이 깊은 것으로 드러났습니다. 뿐만 아니라 진양표국이 성장하는데도 많은 도움을 준 것으로 파악되었습니다."

수하의 보고에 손을 휘젓는 자영.

그러자 보고서를 책상 위에 올려놓고 고개를 숙인 채 방을 빠져나간다.

혼자 남은 방에서 자영의 시선은 벽에 걸린 중원지도에서 떨어질 줄 몰랐다.

'저 광활한 대지가 내 손에…'

꾸욱.

주먹을 쥐는 자영.

철무진의 눈에 들고 무공을 익히고 난 뒤부터 그의 꿈은 하나였다.

저 넓은 대지를 자신의 손에 넣는 것.

그러기 위해 노력했고, 철무진의 후계자가 되기 위해 많은 일을 했다.

자영은 자신의 능력을 정확히 알고 있었다.

아무리 노력한다 해도 철무진을 능가 할 수 없다는 것도. 그렇기에 철저히 그의 후계자가 되기 위해 노력했고, 움직였다.

그의 후계자가 된다는 것은 시간이 걸려도 결국 저 대지가 자신의 손에 떨어진다는 것이니까.

"그러기 위해선…."

차가운 시선이 책상 위 보고서를 향한다.

무림신룡을 죽이기 위해 그의 행적을 처음부터 끝까지 다시 재조사를 시킨 보고서였다.

팔락.

천천히 그리고 신중히 보고서를 읽어나가는 자영.

태현에 대해선 오래전부터 신경을 쓰고 있었지만 이런 식으로 본격적인 보고를 받아보는 것은 처음이었다.

그동안은 감영의 손에서 대부분 처리가 되었던 까닭이

54

었다.

한참의 시간이 걸려 보고서를 전부 읽은 그.

"이렇게 드러난 약점을 노리지 않았다니. 감영 그래서 네가 죽은 것이다."

자영이 찾아낸 태현의 약점은 작지 않았다.

우선 진양표국.

어떤 인연이 이어진 것인지 알 수 없지만 무림에 출도 한 이후 대부분은 진양표국으로 돌아왔다.

다시 말해 그곳을 본거지로 곳곳으로 움직인 셈인 것 이다.

특히 망해가던 진양표국이 다시 일어선 것도 태현과 관련되고 나서이니 진양표국과 태현 사이에 모종의 관계 가 있다는 것은 삼척동자라도 알 수 있을 터였다.

"하지만 이쪽을 건드리는 것은 쉽지 않겠어."

확실한 약점이지만 쉬이 건드릴 수 없는 이유.

바로 마룡도제 때문이다.

오제의 일인인 그가 진양표국에서 머무르고 있으니 쉽 게 건드릴 수 있는 일이 아닌 것이다.

물론 무시하고 움직이고자 한다면 할 수 있겠지만 그 러기엔 부담이 너무 컸다. 무림맹이나 천마신교가 어찌 나올 것인지도 알 수 없고 말이다.

"흐음… 역시 이쪽인가?"

또 다른 약점 하나.

보고서의 가장 위에 선명하게 새겨진 두 글자.

"선휘야."

"네, 맹주님!"

무신의 부름에 재빨리 다가서는 선휘.

태현이 천마의 가르침을 받기 위해 천마신교로 가 있
는 동안 선휘는 바빠진 무신의 한 팔이 되어 바쁘게 움직
이고 있었다.

뛰어난 실력과 미모로 이미 맹안에서도 평이 자자한
그녀였다.

"아무래도 네가 움직여야 할 것 같구나."

"명령만 하세요."

당연하다는 듯 고개를 끄덕이며 대답하는 선휘를 보며
무신은 밀봉되어 있는 서류 하나를 내밀었다.

"진양표국주에게 주거라."

"표국주님이요?"

"그래. 될 수 있으면 빠른 시일 안에."

진지한 무신의 얼굴을 보며 선휘는 고개를 끄덕이며
서류를 받아들었다.

가벼운 서류지만 그 안의 내용은 결코 가볍지 않을 것 이란 예상은 어렵지 않게 할 수 있었다.

"근래 절강이 시끄럽다고 하니 만약을 위해 특무대원 몇을 데리고 가거라."

"알겠습니다."

"즉시 움직여라."

맹주의 명령을 받고 채 한 시진이 되지 않아 선휘는 호위를 위한 특무대원 열 명과 함께 무림맹을 벗어났다.

최대한 몸이 날랜 이들로만 구성하였기에 빠른 속도로 항주를 향해 움직일 수 있었다.

하지만 항주를 반나절 앞두고 사라졌다.

호위하던 특무대원 열 명의 시신을 두고.

†

뚝, 뚝, 뚝.

차가운 물이 뺨에 닿기 시작한지 얼마나 되었을 까.

눈을 뜨자 그녀의 눈에 들어온 것은 작은 촛불 몇 개가 전부인 감옥이었다.

"으윽…."

온 몸에서 밀려드는 고통에 신음을 흘리며 몸을 일으

키는 선휘.

어디한곳 구속되어 있지는 않지만 몸 가득 충만하게 느껴져야 할 내공이 사라져있었다.

내공이 없어졌다 기 보단 꽉 막힌 듯 움직이질 않는다.

'산공독? 여긴 어디지?

자신도 모르게 찡그려지는 얼굴로 다시 사방을 둘러 본다.

검은 철문을 제외하곤 창하나 존재하지 않는 감옥이다.

"그러고 보니…."

정신을 차리고 시간이 지나니 그제야 자신에게 무슨 일이 있었던 것인지 떠오르기 시작했다.

그것은 항주를 코앞에 두고서 벌어진 일이었다.

파바밧!

"앞으로 조금만 더 가면 된다. 휴식은 그곳에서."

선휘의 말에 특무대원들이 고개를 끄덕인다.

최소한의 잠과 휴식을 제외하곤 혹사에 가깝게 움직였 기에 모두의 얼굴에 피로감이 한 가득이다.

선휘 본인도 피곤함이 잔뜩 엿보이지만 최대한 빨리 전달하라는 맹주의 명을 지키기 위해 최대한 버티고 있 었다.

피핑-!

퍼퍼퍽!

파공음과 함께 날아든 화살들이 정확히 선휘들의 앞을 가로막으며 땅에 박혀든다.

갑작스런 공격에 놀라며 재빨리 경계에 돌입하는 특무대원들.

스스슥. 슥.

발걸음을 멈추기 무섭게 자색 옷을 입은 무인들이 모습을 나타내기 시작하더니 원을 그리며 포위한다.

족히 오십에 달하는 적의 등장에 모두의 얼굴에 긴장감이 서린다.

"누구냐! 누구이기에 감히… 컥!"

퍽!

먼저 입을 열었던 특무대원의 머리가 터져나간다.

피가 비산하고 그것을 시작으로 그들이 달려들었다.

'그리고….'

"윽!"

강하게 밀려드는 고통에 선휘는 더 이상 생각을 이어나갈 수 없었다.

하지만 분명한 것은 자신을 호위하기 위해 함께 했던

무인들이 죽었다는 것이고, 자신은 살아남아 알 수 없는 곳에 갇혔다는 것이었다.

어떤 흔적이라도 찾아보려 주변을 돌아보지만 흔한 흔적하나 없이 깨끗하다.

게다가 산공독에 중독되었다곤 하지만 자유롭게 풀어두었다는 것 자체가 놈들의 자신감을 보여주는 것이나 다름없었다.

결코 자신이 이곳을 빠져 나갈 수 없다는 자신감 말이다.

털썩!

아무것도 찾지 못하고 결국 방 한 가운데 주저앉는 선휘.

이곳에서 알아낼 것이 없다면… 누군가 오길 기다리는 수밖에 없다.

'날 살려둔 것엔 분명 이유가 있을 거야. 그보다 대체 누구지? 철혈성인가?'

철혈성일 가능성이 아주 높았다.

문제는 대체 왜 자신을 데리고 온 것이냐다.

무림맹 전체를 생각하면 자신이 차지하는 비중은 아주 작았다. 다시 말해 납치를 한다 하더라도 놈들이 얻을 이득이 없는 것이다.

도저히 풀리지 않는 수수께끼 같다.

그때.

철컹! 끼이익!

철문이 열리고 한 사람이 안으로 들어섰다.

자색이 선명한 고급비단으로 만들어진 옷을 입은 사
내.

자영이었다.

"생각보다 멀쩡하군."

작게 웃으며 말을 하는 자영.

어느새 따라 들어온 수하들이 의자를 내려놓자 당연하
다는 듯 편하게 앉는다.

"누구… 지?"

"질문은 내가 한다."

선휘의 물음에 자영은 귀찮다는 듯 손을 흔든다.

"선휘. 맞나?"

"…그래. 철혈성인가?"

"질문은… 내가 한다."

퍽!

쾅—!

차갑게 자영이 말을 내뱉는 순간 그의 뒤에 서 있던 수
하가 가차 없이 선휘의 몸을 걷어찬다.

막을 틈도 없이 걷어차인 통에 벽에 강하게 부딪친 선휘는 숨이 턱턱 막혀오는 고통에 자리를 나뒹군다.

그것을 보고 있던 자영이 다시 말했다.

"넌 미끼다. 대어를 낚을 미끼."

"너… 너…!"

"그거면 됐다."

그 말을 끝으로 자리에서 일어나 밖으로 나가버리는 자영. 그 뒤를 수하들이 따르고 뒤늦게 선휘가 뛰쳐나가려 하지만 어느새 날아든 주먹질에 실이 끊어진 인형처럼 바닥에 쓰러진다.

턱을 스친 놈의 주먹질 한 방에 기절한 것이다.

"자… 남은 건 장소를 어디로 잡을 까 인가?"

끼이익, 쿵!

뒤에서 무슨 일이 벌어지든 자영은 개의치 않았다.

지금 그의 머릿속을 가득 채우고 있는 것은 태현을 끌어들여 싸울 장소를 정하는 것뿐.

†

선휘의 실종 사실은 빠르게 무림맹과 진양표국 양쪽에 알려졌다.

지름길을 통해 항주로 복귀하던 진양표국의 표사들 덕분에 특무대원들의 시신이 발견된 것이다.

　이에 맹에선 사라진 선휘의 흔적을 찾으려 했지만 어디에서도 그 흔적을 찾을 수 없었다.

　당황한 것은 진양표국 역시 마찬가지였다.

　자신들의 은인이나 다름없는 사람 중 하나가 선휘였다.

　그런 그녀가 표국으로 오는 도중 사라졌으니 어찌 신경을 쓰지 않을 수 있겠는가.

　덕분에 진양표국에서 대대적으로 사람을 풀어 선휘의 흔적을 찾고 있었지만, 무림맹과 마찬가지로 아무런 흔적을 찾을 수 없었다.

　그러는 사이 그녀의 실종소식은 신교에서 수련에 몰두하고 있던 태현에게까지 전달되었다.

　태현이 수련에 집중하길 바라며 무신은 맹의 정보를 차단했지만, 진양표국에까지 손을 쓸 순 없었다.

　게다가 지금 진양표국엔 그녀가 있었다.

　천마의 손녀, 단리비 말이다.

　"선휘가…."

　"걱정되겠지만 지금은…."

　"괜찮을 겁니다."

"음?"

단호한 눈으로 말하는 태현을 의외라는 눈으로 바라보는 천마.

당장이라도 수련을 때려치우고 선휘를 찾기 위해 나설 줄 알았던 천마다. 태현과 그녀 사이가 단순한 관계가 아니라 생각했기 때문이었다.

물론 간다고 해서 간단히 보내 줄 생각도 없었지만.

"누가 납치를 한 것인지 모르겠지만, 목적이 있는 이상 쉽게 죽이거나 하진 않을 겁니다. 그리고 똑똑한 여자니까… 괜찮을 겁니다. 전 그렇게 믿을 겁니다."

선휘에 대한 믿음이 가득한 태현의 얼굴을 보며 천마는 뭐라 말을 하려 했지만 눈빛 한 구석에 비친 걱정을 보며 입을 닫았다.

"우리 쪽에서도 사람을 풀었다. 곧 좋은 소식이 있을 것이다."

"감사합니다. 그럼 다시 시작해 보지요."

고개를 숙여 인사한 태현이 수련을 위해 다시 움직이기 시작한다.

겉보기엔 침착해 보이는 태현이지만 그 속은 까맣게 타들어가고 있었다.

하지만 자신이 걱정한다고 해서 당장 그녀를 찾을 수

있는 것도 아니기에 태현은 최대한 침착 하려고 애썼다.

'만약… 선휘가 잘못된다면… 각오해야 할 것이다.'

오싹.

짧은 순간이지만 태현의 몸에서 흘러나온 살기에 천마는 깜짝 놀랐다.

어지간한 살기에는 면역이 되었다 생각했건만 그 짧은 순간 온 몸의 감각이 곤두섰다.

다시 말해 위험을 느낀 것이다.

'이거… 좋지 않군.'

진심으로 좋지 않다고 생각했다.

만약 태현이 폭주하게 된다면… 누가 있어 말릴 수 있겠는가.

무림에 또 다른 재앙이 내릴 것이 분명했다.

휘휙. 횡-!

자연스럽게 몸을 움직이며 강기를 다뤄나가는 태현의 몸놀림을 보며 천마는 진심으로 빌었다.

선휘에게 별 일이 없기를 말이다.

"아직 못 찾았나?"

"예. 어디에서도 흔적이 보이질 않습니다."

"쯧."

혀를 차며 손을 휘젓자 방을 나가는 수하.

홀로 남은 방에서 자영은 자신에게 올라온 서류들을 빠른 속도로 처리한다.

태현을 잡기 위해 다각도로 준비 중이지만 철혈성의 서류들을 점검하는 것 역시 그의 몫이었다.

워낙 많은 서류들이 올라오지만 그것마저도 자영은 좋다고 생각했다.

이 모든 것이 훗날 자신이 정점에 섰을 때 철혈성의 구석구석까지 파악 할 수 있는 밑바탕이 될 것이니까.

그렇게 어느 정도 서류를 정리하고 나서야 다시 몸을 편다.

두둑, 뚝!

"으음! 이제야 여유가 생겼군. 놈이 맹 내부에서 보이질 않는다면… 어딘가로 갔다는 건데?"

무림맹에 심어 두었던 자들이 많이 잘려나간 것은 사실이지만, 그렇다고 완전히 쳐내진 것도 아니었다.

충분히 놈들의 동향을 살필 정도는 되었는데, 태현에 대해 알아보라 했더니 어디서도 그 흔적이 발견되지 않고 있었다.

"얼마 전까지 영웅 만들기 때문에 맹에서 보였었으니… 새로운 임무? 아니면…"

66

그의 시선이 벽에 걸린 지도로 향한다.

정확히 신강으로 향하는 그의 눈.

"마교인가?"

자신도 왜 인지 모르겠지만 감이 그렇게 말을 하고 있었다.

"흠… 어쩔까?"

일부러 흔적을 남겼던 그다.

벌써 그녀가 납치되었단 소식을 들어도 들었을 터다. 그럼에도 불구하고 아무런 움직임을 보이지 않는다는 것은… 여러 가지로 생각해볼 필요가 있었다.

"길게 생각할 필요도 없나?"

스윽.

자리에서 일어나 밖으로 향하는 자영.

어느새 그의 뒤로 수하들이 따른다.

"진양표국을 친다. 상대는 마룡도제다. 제대로 준비하도록."

"존명!"

츠츠츳.

명령이 떨어지기 무섭게 사라지는 수하.

홀로 복도를 걷는 자영의 얼굴위로 선명한 미소가 떠오른다.

항주를 벗어나 중원에 그 이름을 알리기 시작한 진양
표국의 규모는 빠른 속도로 성장하고 있었다.

떠돌이 무인들이 정착하기 위해 연신 표국의 문을 두
드렸고, 마룡도제의 가르침을 바라는 자들로 사랑방이 가
득했다.

하루에 거래되는 양만 하더라도 이젠 제대로 집계를
하기 힘들 정도로 표국의 규모가 커져가고 있는 통에, 표
국주인 허무선은 하루에 두 시진도 자지 못하는 상황이
었다.

"빨리 사람을 뽑던지 해야지."

한숨을 내쉬며 피로함이 가득한 얼굴로 새벽부터 집무
실로 향하는 허무선.

빠르게 불어가는 규모에 비해 믿을 수 있는 인력이 적
어 업무의 가중이 심각한 수준이었다.

매일 인원을 보충하고 있긴 하지만 늘어나는 것에 비
하면 여전히 모자랐다.

집무실에 도착하자 등불을 밝히고 책상 가득 쌓여 있
는 서류들을 빠른 속도로 처리해나간다.

작은 규모의 거래는 총관의 손에서 처리가 되지만, 굵

68

직한 사안들은 표국주인 그의 허가가 필요했다.

굵직한 거래이니 만큼 확인해야 하는 서류 역시 한 두 가지가 아니었다.

작은 실수 하나로 표물을 날리는 경우도 있기에 허무선의 눈에 힘이 들어간다.

그렇게 한참을 서류와 씨름을 하고 있던 허무선을 찾은 것은 마룡도제였다.

해가 뜨기 무섭게 그를 찾은 것이다.

"지저분하지만 앉으시죠."

"아침부터 미안하네."

"괜찮습니다. 어차피 좀 쉴 까 했습니다."

웃으며 말하는 허무선을 보며 마룡도제는 잠시 책상 위에 가득 쌓인 서류를 바라본다.

"사람을 뽑는 것이 좋지 않겠나?"

"믿을 수 있는 사람이 적어서요. 무림이 어지럽기도 하고 아시겠지만 천하상단이 증발하면서 상계가 시끄럽다 보니 쉽게 사람을 받아들이기도 그렇더군요."

"하긴, 이런 시기니 안으로 파고들기는 적격이겠지."

마룡도제의 말에 고개를 끄덕이며 동의하는 그.

좋든 싫든 진양표국은 업계에서 크게 주목을 받고 있는 상태이기에 표국에 사람을 심으려는 자들이 한 둘이 아니었다.

그런 차들을 걸러내려다 보니 자연스레 인력난이 가중될 수 밖에 없는 것이다.

"차라리 덜 받는 것이 어떤가?"

"저도 그러고 싶습니다만, 오랜 고객들이라 그럴 수도 없습니다. 무림이 어지러우면 상인들로선 불안해하는 것이 당연하기도 하고… 문제는 무림만 어지러운 것이 아니지 않습니까? 결국 믿을 수 있는 표국에 일이 몰리는 것은 당연한 것이겠지요."

쓰게 웃으며 말하는 허무선.

그의 말처럼 무림뿐만 아니라 중원 전역의 분위기가 심상치 않다보니 자연스럽게 도적떼가 들끓었는데, 덕분에 규모가 있는 표국들 마다 의뢰를 위한 사람들이 몰려들고 있었다.

반대로 규모가 작은 곳은 일이 줄어들어 죽을 맛이었고.

그만큼 상인들의 심리가 위축되어 비싸더라도 확실히 믿을 수 있는 곳에 일을 맡기려는 경향이 늘어나 버린 것이다.

그런 의미에서 진양표국은 최고였다.

무림오제의 한 사람인 마룡도제가 버티고 있어 어지간

한 도적들은 손도 대지 못할 뿐만 아니라, 표두들의 실력 역시 나쁘지 않아 확실히 믿을 수 있는 곳이었다.

"그보다 무슨 일로?"

아침 일찍부터 자신을 찾은 일이 거의 없기에 허무선이 묻는다.

"아, 다름이 아니라 며칠 안으로 선호를 이곳으로 데리고 올 생각이네. 지금쯤이면 그분의 치료도 끝이 났을 터고."

"벌써 그렇게 됐군요. 축하는 나중에 선호를 보며 하겠습니다."

"고맙네."

이미 마룡도제는 진양표국에서 계속해서 머물기로 결정을 내린 상태였다.

본래 살던 곳은 산 깊은 곳이라 불편하기도 했고, 선호가 정상으로 돌아오면 교육이라든지 여러 가지로 이곳 항주가 편하기 때문이었다.

게다가 믿을 수 있는 사람들이고 말이다.

"선호가 올 것이라면… 지금 계시는 곳은 좀 비좁겠군요. 표국에서 가까운 곳으로 저택을 마련해 드리겠습니다."

"그렇게 까진…."

"제 마음입니다. 도와주신 것도 많은 데 이번 기회에 이 허모가 진 빚을 좀 갚아야 하겠습니다, 하하하!"

웃으며 말하는 국주를 보며 마룡도제는 웃으며 거절치 않았다.

그때였다.

움찔.

"이건…."

사방에서 죄여오는 기운에 마룡도제의 얼굴이 굳어지더니 자리를 박차고 일어선다.

"지금 당장 비상종을 울리게!"

팍!

짧은 말과 함께 밖으로 뛰쳐나가는 마룡도제의 뒤를 보고 있던 허무선은 재빨리 밖으로 나가 비상종을 쳤다.

땡땡땡! 땡땡!

요란하게 울리는 종소리가 곧 표국 전체에 울려 퍼진다.

"비상!"

"비상이다!"

우르르!

기다렸다는 듯 뛰쳐나오는 표사들!

자다 말고 일어난 자부터, 이제 막 귀환한 것인지 온

72

몸 가득 먼지를 뒤집어 쓴 사람까지 가리지 않고 각자의 무기를 쥐고 달려 나온다.

"내원을 중심으로 경계한다! 외원의 인원은 한명도 남김없이 내원으로 자리를 옮겨라! 훈련이 아닌 실제상황이다!"

내공을 실은 국주의 목소리가 사방에 퍼지자, 그것을 따라 외치는 자들이 늘어났고 얼마 지나지 않아 외원에 머물던 이들이 빠르게 내원으로 들어오기 시작했다.

그때 총관이 헐레벌떡 국주를 향해 뛰어온다.

"국주님!"

"잘 왔네. 즉시 무공을 모르는 이들을 폐관실로 모으고 본 표국에 머물고 있는 모든 무인들을 동원하게. 이미 마룡도제께서 달려가셨으니 시간이 있을 때 빨리 움직여야 할 것이네!"

"예!"

숨도 쉬지 않고 빠르게 쏟아내는 국주의 명령을 알아들은 총관이 즉시 명을 전달하기 위해 움직이고, 어느새 단리비와 파설경이 모습을 드러낸다.

"적이로군요."

적들의 기세를 느낀 것인지 단리비가 다가와 말하자 국주는 그녀를 향해 고개를 숙였다.

"도와주게."

"그러기 위해 이곳에 있는 걸요."

고개 숙인 그를 일으키며 단리비는 당연하다는 듯 웃었다. 교에서 복귀 명령이 떨어졌음에도 움직이지 않은 것은 이런 경우를 대비해서다.

소중한 인연을 잃어버릴 순 없지 않은가.

"들었죠? 부탁해요."

"명을 받듭니다."

허공을 향해 단리비가 소리치자 기다렸다는 듯 천마호검대의 부대주 수라검영이 나타나 고개를 숙인다.

그와 함께 일제히 모습을 드러내며 밖으로 달려가는 신교의 무인들.

천마호검대 뿐만 아니라 광혈도가 이끌고 온 무인들까지 일사분란하게 움직였다.

오직 수라검영만이 만약을 대비해 그녀의 곁에 호위로 붙어 있을 뿐.

"…분위기가 좋지 않습니다. 아가씨께서도 만약을 대비하는 것이 좋을 것 같습니다."

점차 강해지는 주변 기세에 수라검영이 조언했지만 단리비는 단호히 고개를 저었다.

"어떻게든 이곳을 지켜야죠. 우리가 물러서면… 저들

74

은 다 죽어요."

손으로 폐관실로 피하고 있는 사람들을 가리키는 그녀.

그에 수라검영은 더 이상 말하지 않았다.

이럴 때 그녀의 고집은 천마 그 이상임을 잘 알기 때문이다. 하지만 진짜 위험한 사태가 벌어진다면… 단리비를 제압하는 한이 있더라도 이곳을 빠져나가게 될 터다.

그것이 그가 그녀의 곁에 남은 이유였다.

한편 가장 먼저 밖으로 뛰쳐나간 마룡도제는 진양표국의 정문을 지키고 섰는데, 그 얼굴이 굳은 채 펴지지 않았다.

스스슥. 슥.

하나 둘 늘어가는 인영들.

자색의 옷을 입은 정체불명의 고수들이 진양표국을 포위하는 형세로 그 모습을 늘려가고 있었다.

하나하나가 최소 일류급의 고수들이다.

살기를 감추지 않는 그들의 등장을 보며 마룡도제 역시 감춰왔던 기세를 피워 올린다.

웅. 우웅!

무림오제란 자리는 그냥 가진 것이 아니란 사실을 입증이라도 하듯 순식간에 놈들의 살기를 받아치는 마룡도제.

사방에서 물밀듯 살기가 밀려들지만 그는 밀리지 않았다.

'보통 놈들이 아니다. 피해 없이 제압하기는… 어렵겠군.'

자신이 한 사람인데 반해 적들은 여럿.

될 수 있으면 표국에 피해를 주기 싫지만 이번만큼은 어쩔 수 없는 일이었다.

표국에 머물고 있는 무인들이 제 역할을 해주길 바라는 수밖에 없었다. 그렇다 하더라도 큰 피해가 날 것 같았지만.

"이거… 새벽부터 미안하게 됐소."

저벅 저벅.

말과 조용하지만 선명한 말소리와 함께 멀리서 자색 옷을 입은 젊은 사내가 천천히 걸어온다.

'저 먼 거리에서?'

속으로 놀라는 마룡도제.

목소리에 내공을 실어 큰 소리로 이야기하는 것은 어렵지 않은 일이지만, 정확히 원하는 거리까지 조곤조곤 말하는 것은 어지간한 실력으론 어려운 일이었다.

그런 일을 저런 젊은 사내가 어렵지 않게 한다는 것은 그 실력이 뛰어나다는 증거다.

"누구냐?"

짧지만 많은 것을 내포한 마룡도제의 물음에 그는 웃으며 대답 없이 마룡도제와 십오 장의 거리를 두고 멈춰섰다.

"글쎄… 지금 내가 누군지 중요할까?"

"……."

태연한 그 말에 마룡도제는 뭐라 말을 할 수 없었다.

확실히 그의 말처럼 이런 상황에서 이들이 누구인지 중요하지 않았다.

중요한 것은 이들이 결코 호의를 가지고 표국을 방문한 것이 아니란 사실이었다.

파밧! 팟-!

때마침 진양표국의 담벼락 위로 모습을 드러내는 천마신교의 무인들.

"무대는 준비된 듯 하고. 놀아볼까?"

미소 짓는 그.

그 순간.

오싹-!

온 몸의 털이 곤두서는 듯 강렬한 살기가 사방에 퍼져나간다!

第4章.

亂劍武姏 난검무림

第4章.

쩡!

굉음과 함께 마룡도에 전달되는 감촉은 분명 제대로 공격이 먹혔음을 나타내지만, 정작 공격을 막아낸 사내의 얼굴엔 여유로움만이 가득하다.

쩌정! 쩡-!

도 특유의 강렬한 공격이 연신 이어지지만 놈은 어렵지 않게 검을 들어 막아낸다.

그 모습에 마룡도제가 내공을 더 끌어올렸다.

우웅-!

"어이쿠!"

즈컥!

외마디 소리와 함께 몸을 빼는 그의 옷자락이 마룡도
에 쓸려나간다.

한 치만 가까웠어도 옷이 아닌 뼈가 잘렸을 것이지만
놈은 여유로웠다.

무림오제의 한 사람인 그의 공격을 쉽게 막아낸다는
것은 그만큼 실력이 있다는 소리였다. 게다가, 놈에게서
풍기는 기운은 마룡도제도 긴장하게 만든다.

그럼에도 불구하고 지루한 공방이 이어지는 것은 놈이
일부러 시간을 끌고 있기 때문이었다.

콰콱-!

쾅!

굉음과 함께 진양표국의 담벼락이 무너져 내린다.

지원을 나왔던 표국의 무인의 애처로운 무기가 무너진
담벼락 사이로 보인다.

마룡도제가 놈에게 잡혀 있고, 천마신교의 무인들 역
시 합격진으로 붙들리자 놈들을 막을 수 있는 방법이 없
었다.

처음부터 수적으로 우위를 지니고 있던 놈들이었다.

거기에 고수들을 철저하게 묶어두니 표국에 머무르던
무인들의 실력으론 그들을 막아 설 수 없던 것이다.

설령 막아선다 하더라도 어느새 포위당하며 허무하게 쓰러진다.

철저히 계획하고 노린 상황임이 주지 없이 드러난다.

으득!

이를 악문 마룡도제가 몇 걸음 뒤로 물러선다.

우우우웅!

순간 마룡도에 몰려드는 어마어마한 내공!

묵 빛 도강이 떠오르고.

"마룡천하(魔龍天下)!"

콰아아아!

콰쾅─! 콰앙!

짧은 외침과 함께 휘둘러진 그의 도에서 묵룡이 사방으로 날아간다.

하나하나 살아있는 것 같은 강기들이 적들을 향해 날아들고.

"이런… 날 너무 무시하는군."

스슥.

귓가에 속삭이는 말과 함께 어느 사이에.

놈이 마룡도제의 왼편에서 주먹을 휘두른다.

투확─!

"크흑!"

강한 타격음과 함께 날려가는 마룡도제.

찰나의 순간 왼팔에 내공을 집중시켜 막아냈지만, 뼈만 부러지지 않았다 뿐이지 보기에도 선명한 멍이 그의 팔위에 나타난다.

가까스로 날아가는 몸을 비틀어 자리에 선 마룡도제의 얼굴이 좋지 못하다.

선명한 멍처럼 몸 내부로 전달된 고통이 보통이 아니었던 것이다.

움찔, 움찔.

놀란 근육들을 진정시키며 마룡도제의 시선이 놈에게서 떨어지지 않는다.

그리고 그제야 놈들이 누구인지, 눈앞의 사내가 누구인지 알 것 같았다.

오래 전 태현이 해주었던 이야기.

"철혈성인가? 그리고 네놈은… 그 옷을 보니 자영이란 놈이겠구나."

"응? 하하하. 뭐야, 알고 있네? 좋아! 스스로 정답을 찾았으니 상을 주지."

태연스레 파안대소를 터트린 그가 손을 흔들자 표국을 공격하던 그의 수하들이 일제히 뒤로 물러선다.

스슥, 슥.

84

갑작스런 상황에 모두의 시선이 두 사람에게 쏠리지만 신교 무인들을 제외하곤 다들 살았다 라는 표정이 역력하다.

그만큼 놈들과의 싸움이 어려웠다는 이야기다.

"오늘은 이 정도로 하지. 내일 또 보자고."

파팟! 팟-!

짧은 말을 남기고 몸을 돌려 항주를 벗어나는 놈들.

등을 보이며 돌아가고 있음에도 마룡도제는 자리에서 움직이지 못했다.

아니, 움직일 수 없었다.

"내일… 또?"

내일 보자는 그 소리가 귓가에 맴돈다.

"으으으…!"

"사, 살려…!"

곳곳에서 들려오는 신음소리를 들으며 총관이 의원들을 데리고 한 사람이라도 살리기 위해 동분서주한다.

내원만 지켰던 표국의 표사들은 큰 피해가 없었지만, 국주의 말을 무시하고 밖으로 지원을 나갔던 무인들은 절반이 죽거나 다쳤다.

살아남은 나머지 인원들도 이번 일로 지친 기색이 역

력했다. 그 중엔 도망치듯 사라진 인원도 적잖았다.

내일 다시 오겠다는 이야기는 마룡도제만 들은 것이 아닌 것이다.

"대체 어찌 이런 일이…."

비통한 얼굴의 국주를 보며 마룡도제의 얼굴 역시 굳은 채 펴지지 않는다.

"이번엔… 인사와 같은 공격이었지만 내일은…."

말을 하면서도 고개를 흔드는 마룡도제.

"후… 오늘 중으로 무공을 모르는 이들은 전원 대피시킬 생각입니다. 완전히 표국을 비울 수는 없겠지만 최대한 피해를 줄여야 할 테니 말입니다."

"인근의 무림맹 지부에도 도움을 요청하는 편이 나을 것이네. 없는 것보단 낫겠지."

말을 하면서도 다시 인상을 찡그리는 마룡도제.

항주에 있는 무림맹 지부의 무인들이 약한 것은 아니다. 항주란 곳의 특성상 오히려 다른 지부보다 강한 무인들이 배치되어 있었다.

다만, 새벽에 기습을 가했던 놈들을 생각한다면 큰 도움이 되지 않을 것이 분명했다.

"혹시 선휘 소저를 납치한 자들과 같은 무리인 것은?"

돌연 생각이 난 듯 허무선이 고개를 들며 말한다.

86

그에 마룡도제 역시 잊고 있었다는 듯 그의 눈을 바라보다 고개를 끄덕였다.

"분명 가능성이 있네."

그랬다.

가능성이 없는 것은 아니었다.

표국으로 향하던 선휘가 납치되고 얼마 지나지 않아 표국이 공격당했다.

무엇을 바라는 것인지 알 수 없지만 놈들의 짓일 확률이 아주 높았다.

"대체 무얼 바라고…."

허탈한 듯 허무선이 말하지만 마룡도제라고 해서 답을 해줄 순 없었다.

"한 가지 확실한 것은 놈들이 내일 새벽에도 온다는 것이네."

"그러겠지요. 차라리 표국을 비워버리는 것은…."

"그런다고 못 찾을 놈들이 아니지."

단호한 그의 말에 국주가 긴 한숨을 내쉰다.

"결국 최대한 피해를 줄이는 것이 방법이 되겠군요."

"제일 좋은 것은 놈들을 격퇴하는 것이겠지."

"가능하시겠습니까?"

그 물음에 마룡도제는 쓰게 웃었다.

"최선을 다해봐야지."

오제라 불리는 자신이 이런 입장에 놓였다는 것을 받아들이기 쉽지 않았지만, 이것이 현실이란 것도 그는 잘 알고 있었다.

새벽의 싸움은 그도 전력을 다한 것이 아니지만, 문제는 상대인 자영 역시 최선을 다하지 않았다는 것이다.

제일 문제가 되는 것이 역시 그였다.

그리고 다시 밤이 깊어오고, 해가 떠오른다.

스슥, 슥.

새벽이 되기 무섭게 기다렸다는 듯 모습을 드러내는 철혈성 무인들과 자영을 보며 마룡도제가 마룡도를 붙든다.

어제와 같이 정문을 지키는 마룡도제.

어제와 다른 것이 있다면 오늘은 처음부터 그의 곁으로 일련의 무인들이 자리를 잡고 있다는 것.

"오늘도 놀아볼까?"

준비가 끝난 마룡도제를 보며 자영이 웃는다.

쩡!

마룡도가 부러질 듯 휘어지며 자영의 검의 막아낸다.

지지직.

발이 땅에 끌리며 기묘한 소음을 일으키고, 밀려나는 힘을 거스르지 않고 마룡도제가 몸을 회전시키며 마룡도를 휘둘렀다.

스컥!

허공을 가르는 마룡도.

대비했다는 듯 자영은 두 발 뒤로 물러서 있었다.

하지만 마룡도제 역시 호락호락하진 않았다.

턱!

쯔컥!

힘으로 도를 멈추고 놈을 향해 달려들며 휘두른 것이다.

일련의 동작은 너무나 부드러워 마치 그것이 한 동작처럼 보일 정도로 자연스러웠으나, 자영은 마룡도가 멈춘 그 짧은 순간을 놓치지 않았다.

휘획.

잡힐 듯 잡히지 않는 자영.

일격에 몸을 갈라버릴 듯 날카로우면서도 강한 힘으로 압박해오는 마룡도제의 공격을 그는 어렵지 않게 피해내거나 검을 들어 막아낸다.

뿐만 아니라 간간히 치고 들어가는 공격은 날카롭기 그지없어, 마룡도제의 몸 곳곳에 상처를 남기고 있었다.

"이놈!"

결국 화를 참지 못한 마룡도제가 폭발적인 기세를 내뿜기 시작했다.

콰콰콱!

사방으로 뻗쳐나가는 진득한 마기와 살기!

갑작스런 상황에 주변에서 싸움을 벌이던 이들이 다급히 떨어져 나간다.

쿠오오오!

하늘 높이 솟아오르는 마기를 보며 자영이 혀로 입술을 적신다.

"이제야 재미있겠군."

그의 눈이 빛을 발한다.

먼저 달려든 것은 마룡도제였다.

저돌적인 돌격에 이은, 강한 힘이 실린 일격!

일도양단의 기세를 고스란히 담은 도가 하늘에서 땅을 향해 강렬하게 떨어져 내리고.

쩌저적!

그의 도가 땅을 가른다.

아슬아슬한 순간 공격을 피해낸 자영이 움직이려 할 때였다.

"흐읍!"

짧은 호흡과 함께 마치 주변의 모든 것을 빨아들이겠다는 듯 마룡도제의 몸 주변으로 회오리가 친다.

갑작스런 상황에 자영의 얼굴이 일그러지고.

빽!

짧은 순간 마룡도제의 주먹이 자영의 얼굴을 후려친다.

맞은 충격에 뒤로 물러서는 자영.

"퉤!"

입 안에서 터진 피를 뱉어내며 얼굴을 쓰다듬는다.

얼얼한 충격이 아직도 이어진다.

"이건 좀… 별론데?"

웃는 그의 눈빛이 차갑게 빛난다.

✝

쩌엉-!

폐관실을 울리는 굉음과 함께 천마와 태현의 강기가 허공에서 힘겨루기에 돌입한다.

보통 부딪친 뒤 사라져야 할 두 강기가 이렇게 힘겨루기를 할 수 있는 것은 두 사람 모두 강기와 이어진 기의 끈을 놓지 않고 있기 때문이다.

가부좌를 틀고 마주 앉은 두 사람의 얼굴 위로 가득 흘러내리는 땀.

텅! 터텅!

다시 두 강기가 사방을 휘저으며 부딪쳐 나간다.

그렇게 얼마나 보냈을까.

쾅―!

쩌저적!

굉음과 함께 터져나가는 태현의 강기.

"헉, 헉!"

거칠게 숨을 토해내는 태현과 달리 천마는 조용히 숨을 가다듬는다.

"이젠 완전히 익숙해졌구나."

"아직 가야 할 길이 멀었습니다."

"그건 당연한 것이고. 이제 조금만 더 하면 내게서도 배울 것이 거의 없겠지. 이제부터 네게 필요한 것은 철저한 실전 경험이니. 음?"

이야기를 하다 말고 천마의 시선이 폐관실의 입구를 향한다.

그와 함께 두터운 폐관실의 문을 두드리는 소리가 들려온다.

텅텅텅!

"무슨 일이라도 있는 것인가?"

인상을 쓰는 천마.

수련을 할 때는 방해하지 않도록 조치를 해두었기에 이런 식으로 방해를 한다는 것은 무슨 일이 생겼다는 뜻이었다.

그것도 상당히 다급한.

끼이익-!

태현이 얼른 움직여 폐관실의 문을 열자 그 앞엔 마뇌가 서 있었다.

"죄송합니다, 다급한 연락이 들어온지라."

천마를 향해 고개를 숙여 사과한 그의 시선이 태현을 향한다.

"진양표국이 공격을 당하고 있다는 연락이 왔네."

그 한마디에 태현의 얼굴이 일그러진다.

"선휘 소저의 납치에 이어 진양표국이 공격을 당한다는 것은 놈들이 자네를 부르고 있다는 뜻으로 풀이되네. 그렇지 않고서야 두 사건 간에 이어질 관계가 없음이니."

마뇌의 말에 태현은 고개를 끄덕인다.

당장 떠나려는 것을 붙들어 앉힌 것은 마뇌였다. 마뇌

역시 길게 붙들고 있을 생각은 아니었던 탓에 빠르게 말을 이었다.

"이번 사건을 일으킨 것은 철혈성이 분명하네. 놈들이 아니고서야 이런 일을 벌일 놈들이 없음이니."

"놈들이 원하는 것은 제 목이겠군요."

"그렇겠지. 그동안 철혈성의 일에 가장 방해가 된 것이 자네일 테니."

그 말처럼 철혈성의 일을 가장 많이 방해한 것이 태현이었다. 게다가 팔영으로 불리던 철혈성의 중심축들 대부분을 죽인 것도 바로 그였고.

"내 추측일 뿐이네만, 감영이라 불린 자가 죽고 난 뒤 더 이상 자네를 방치할 생각이 없어진 것 같네. 그동안 철혈성이 자리를 잡느라 일을 뒤로 미루었지만, 이젠 참지 않겠다는 뜻으로 풀이해도 되겠지."

"저 역시 쉽게 당하진 않을 겁니다."

"당하면 안 되네. 자네의 어깨 위에 걸린 것들이 한 둘이 아님이니."

단호한 마뇌의 말에 입을 다무는 태현.

무신과 마신.

정파와 마도의 최강자들에게 직접 가르침을 받은 태현에게 거는 기대는 대단한 것이었다.

아니, 철혈성주이자 혈마인 그를 잡기 위해선 반드시 태현의 힘을 필요로 했다.

그렇지 않았다면 태현을 신교로 불러들여 천마의 가르침을 받게 할 이유 따윈 없었을 테다.

"이미 무림맹과의 이야기는 끝났네. 약간의 조율이 남아 있긴 하지만 곧 우리와 무림맹이 손을 잡고 철혈성을 치게 될 것이네."

마뇌의 이야기에 태현은 깜짝 놀랐다.

철혈성주… 그러니까 혈마가 재림했다는 사실에서 어느 정도 협력을 할 것이라 생각은 했지만 본격적으로 손을 잡고 공동으로 움직일 것이라곤 예상치 못했기 때문이다.

이는 양 세력 간의 자존심이 걸린 일이기에 더욱 어려운 부분이기도 했다.

유구한 무림 역사 속에서도 정사(正邪)가 손을 잡은 적은 있어도, 정마(正魔)가 손을 잡은 것은 한 손에 곱을 수 있을 정도란 것이 그 증거였다.

"우리가 많은 것을 양보했네. 혈마가 나타난 이상 우리로선 다른 방법이 없으니."

"그렇게까지 혈마가 위협적인 것입니까?"

"천적이지. 최악의."

단호한 마뇌의 대답.

"역대 교주님들 중 혈마에게 당한 분들이 한 두 분이
아니지. 게다가 놈은 마기의 영향도 받지 않아. 굳이 따지
자면 마도인이라면 누구든 혈마에게 당할 수밖에 없다는
거지."

말이 길어졌다는 듯 마뇌는 고개를 흔들었다.

"어쨌거나 수라혈선대(修羅血腺隊)를 준비시켜놨네.
그들과 함께 가도록 하게."

"전부… 말입니까?"

"그 정도는 되어야 전초전을 벌일 수 있겠지. 뒤를 이
어 본교의 총 전력이 중원으로 향할 것이네. 철혈성이 더
커지기 전에 잡아야지."

두두두-!

지축을 울리며 빠르게 말을 달리는 태현과 수라혈선대.

그들이 일으키는 먼지를 보며 천마가 입을 열었다.

"철저히 준비하게. 괴물을 사냥하려면 철저한 준비만
이 답이니."

"그리 하겠습니다."

"그리고… 만약의 경우엔 비아를 부탁하네."

"……"

96

굳은 표정의 천마를 보며 마뇌는 입을 열지 않았다.

혈마를 잡기 위해 태현에게 가르침을 내렸지만 그것을
모두 소화하고 혈마에게 대항하기엔 태현에게 시간이 필
요했다.

그 시간을 벌어주는 과정에서 분명 다시 한 번 놈과의
충돌이 있을 것이고, 이전처럼 몸을 뺄 수 없을 수도 있
었다.

다시 말해 최악의 상황을 맞을 수 있는 것이다.

천마가 죽더라도 다음 대 천마는 탄생한다.

그것이 누구이든.

다만 그는 손녀인 단리비를 걱정할 뿐이다.

세상에 하나 밖에 없는 유일한 혈육이니까.

†

"이거 재미없는데…."

턱을 쓰다듬으며 자영이 저 멀리 항주를 바라본다.

태현을 끌어내기 위해 진양표국을 일부러 공격하고 있
었다. 하룻밤이면 잿더미로 만들 수 있음에도 조금씩 야
금야금 그들을 괴롭히는 것도 태현을 끌어내려는 수작이
었다.

그럼에도 불구하고 아무런 반응이 없다.

"폐관이라도 들어간 건가…."

이대로 진양표국을 계속해서 건드리는 것도 한계가 있었다.

우선 첫째로 관(官).

당장은 돈을 써서 무마시키고 있지만 계속되면 결국 관에서도 나설 수밖에 없다. 관과 척을 지는 것은 그리 좋은 선택이 아니기에 그들이 개입하기 전에 일을 끝내는 것이 좋았다.

둘째로 무림맹.

당장은 항주 지부에서 진양표국을 지원하고 있지만 곧 무림맹에서 본격적으로 움직일 것이 분명했다.

그렇지 않아도 이와 관련된 움직임이 보고되고 있었다.

마지막으로 천마신교.

아직까진 별다른 움직임이 없지만 가만히 있을 놈들이 아니었다.

"천마의 패배에 충격을 받고 움직이지 않고 있지만, 곧 움직이겠지. 자존심을 되찾기 위해서라도."

낮게 혀를 차며 자리에서 일어서는 자영.

"이틀 정도로 끝을 봐야 하겠군."

그렇게 결정을 했을 때였다.

98

"놈이 나타났습니다."

다급히 방으로 뛰어 들어온 수하의 보고에 자영이 미소 지었다.

†

신교에서 항주까지는 중원의 동서(東西)를 가로지르는 어마어마한 거리를 자랑한다.

어지간한 준마로 쉬지 않고 달린다 하더라도 족히 한 달은 걸릴 거리다.

하지만 태현과 수라혈선대는 달랐다.

신강을 벗어남과 동시 말에서 뛰어내린 그들은 관도를 따르지 않고, 최단거리로 항주를 향하기 시작했다.

산이 나오면 산을 넘고, 강이 나오면 강을 건넜다.

최소한의 휴식만을 취하는 강행군을 한 덕분에 열흘이 넘어가는 시점에 마침내 절강성에 들어 설 수 있었다.

"오늘은 이쯤에서 쉬도록 하죠."

태현의 말이 끝나기 무섭게 자리에 주저앉는 사람들.

천마를 호위하느라 외부로 거의 나가질 않는 천마호검대를 제외한다면 실상 외부에 선보이는 신교 최강의 전력이 바로 수라혈선대다.

겨우 오백에 불과한 숫자지만 그들만으로 구파일방 중 하나를 상대 할 수 있을 정도로 강한 실력을 자랑한다.

그 덕분인지 강행군을 거듭했음에도 불구하고 누구하나 낙오되지 않고 태현의 뒤를 따르고 있었다.

하지만 힘든 것은 변함없는 사실.

쉴 수 있을 때 충분히 쉬어야 한다는 것을 알기에 그들은 각자의 방식으로 휴식에 들어간다.

그것은 태현 역시 마찬가지였다.

내공으로 몸의 피로를 풀어내곤 있지만 그것도 한계가 있는 법.

차리에 앉아 눈을 감은 채 쉬고 있는 태현의 곁으로 한 사람이 다가섰다.

비쩍 마른 몸이지만 태현보다 족히 머리 두 개는 더 큰 사내.

허리춤에 걸린 두 개의 검이 유난히 눈에 띈다.

수라혈선대주 쌍살검(雙殺劍)이다.

"이곳에서 항주까지는 하루 안으로 이동을 할 수 있으니, 이쯤에서 휴식을 충분히 취하는 것이 나을 듯합니다. 이대로 항주로 향한다 하더라도 피곤한 몸으론 제대로 된 전력이 되지 못할 겁니다."

쇠를 긁는 듯 약간 날카로운 그의 목소리에 태현이 눈

을 떴다.

서로의 시선이 마주친다.

"수하들도 이젠 한계입니다."

그의 말에 태현은 작은 한숨과 함께 고개를 끄덕였다.

사실 태현 역시 한계라 생각하고 있었던 것이다.

어차피 자신이 목표라면 도착하기 전까지 큰 피해는 없을 것이었고, 그렇다면 충분한 휴식으로 몸 상태를 끌어올린 뒤 단숨에 움직이는 편이 훨씬 더 나은 일인 것이다.

피로가 잔뜩 쌓인 몸이지만 역설적으로 충분한 휴식을 취한다면 최고의 몸 상태로 싸움에 나설 수 있을 것이다.

물론 길게 싸우는 것은 불가능하겠지만 단 시간이라면 최고의 능력을 발휘할 것이었다.

태현의 허락이 떨어지자 쌍살검은 즉시 조를 이루어 주변을 경계하게 하고 나머지 인원에겐 충분한 휴식을 명했다.

그와 함께 자리에 쓰러지듯 누워 잠을 청하는 자들이 대다수였는데, 그만큼 수면이 부족하다는 뜻이었다.

그들의 모습을 보며 태현 역시 자리에 누웠다.

'이제 곧….'

눈을 감으면서도 태현의 머릿속은 복잡하게 움직이고 있었다.

"흔적은?"

"찾았습니다. 며칠 안으로 항주에 도착 할 것이라 합니다."

수하의 보고에 만족스런 미소를 지으며 자영은 벽에 걸린 절강성의 지도를 바라본다.

항주에선 이미 많은 일을 벌인 탓에 싸움의 장소론 어울리지 않기에 새로운 장소를 물색해야 했다.

관의 눈치를 보지 않으면서 마음 것 싸울 수 있는 장소 말이다.

그의 시선이 예리하게 절강성의 지도를 살피고…

마침내 한 곳에서 멈춰 선다.

대양산(大洋山).

항주에서 남쪽으로 사흘 정도 말을 내달리면 도착 할 수 있는 곳으로, 도시와 떨어져 있는데다 사람들의 왕래가 뜸한 곳이라 일을 벌이기엔 적격이었다.

게다가 놈이 항주에 들렀다가 자신의 초대를 받고 오기까지 걸리는 시간까지 생각한다면 더없이 좋은 장소였다.

"좋아. 대양산에서 놈을 잡는다. 준비해."

"존명!"

"그러면… 가기 전에 할 건 해야 하겠지?"

슥, 슥.

뺨을 쓰다듬는 자영.

마룡도제에게 얻어맞은 곳이었다.

어김없이 새벽이 되자 자영이 수하들을 이끌고 진양표국을 공격했다.

이미 많은 이들이 희생되어 표국에 머무르던 무인들은 남질 않아, 마룡도제와 신교 무인들. 그리고 무림맹 항주지부의 무인들로 어렵게 공격을 막아내고 있었다.

거의 매일을 새벽마다 공격을 한다.

충분히 제대로 된 타격을 입힐 수 있음에도 불구하고 놈들은 적당한 희생이 벌어지면 물러선다.

조금씩 힘을 깎아내듯.

매번 이를 악물고 반격을 가해보지만 쉽지 않은 일이었다.

헌데 오늘은 좀 달랐다.

쩌억-!

"크아아악!"

비명과 함께 벌어진 가슴에서 피를 내뿜으며 무림맹

무인이 쓰러진다.

뿐만 아니라 곳곳에서 비명소리와 함께 쓰러지는 무인들이 한 둘이 아니었다.

그 대부분은 무림맹 무인들이었지만 간간히 철혈성 무인들 역시 포함되어 있었다.

이제까지와 달리 본격적으로 달려드는 그들의 공격에 신교 무인들은 오히려 이러길 바랬다는 듯 달려든다.

시간을 질질 끄는 것보다 어떻게든 승부를 보는 것이 그들의 성격에 맞기 때문이기도 하지만, 거듭된 공격 속에 이젠 표국 내에 지켜야 할 사람이 극단적으로 줄었기 때문이었다.

며칠에 걸쳐 대부분의 사람들을 모처로 피신시킨 덕분이다.

그것은 마룡도제 역시 마찬가지였다.

"크아앗!"

우렁찬 기합과 함께 마룡도제의 마룡도가 울음을 터트리며 강기를 쏟아낸다.

쩌적!

땅이 갈라지고, 담벼락이 무너져 내린다.

도를 사용한다는 것은 어떠한 것이다, 라는 것을 직접 보여주기라도 하겠다는 듯 연신 휘두르는 그의 공격을 자영은 요리저리 움직이며 잘도 피해내고 있었다.

스컥!

마룡도가 머리카락을 자르고 지나간다.

오싹.

온 몸을 사로잡는 오싹함.

단 한 순간만 실수해도 죽음에 이른다는 공포심.

"크… 크하하하!"

자영은 웃었다.

"그래, 이거야! 이런 감각을 너무 오래 잊고 있었어!"

광소를 터트리며 움직이는 자영의 얼굴 위엔 흥분감이
가득하다.

감영이 살아있었을 때는 몸으로 해야 하는 일의 대부
분은 감영이 처리했고, 자영은 머리를 썼다.

그러다보니 자연스럽게 실전과 거리가 멀어진 감이 있
었다.

그랬던 감이… 지금 완벽하게 돌아오고 있었다.

생사(生死)를 가르는 찰나의 오싹함.

그것을 그는 진심으로 즐기고 있었다.

한편으로 놈을 상대하고 있는 마룡도제는 등으로 식은
땀을 한 가득 흘리고 있었다.

'이게 대체…!'

믿을 수 없지만 놈은 자신이 전력으로 펼치는 공격을 어렵지 않게 피해내고 있었다.

아니, 미리 알고 있기라도 하는 듯 조금씩이지만 빠르게 움직이고 있었다.

그러다보니 자연스레 자신의 공격은 놈에게 닿질 않는다.

그 작은 움직임이 자신의 공격을 없던 것으로 만들어내는 것이다.

지잉-.

자영은 진심으로 기분이 좋았다.

온 몸을 감싸는 독특한 기운.

이 기운이 자신의 몸을 감쌀 때면 자영은 다른 사람과 다른 시간을 살아간다.

마치 미래를 예지하는 것처럼 그의 눈엔 보였다.

상대의 움직임이!

겨우 눈을 몇 번 깜빡일 시간에 불과했지만 그것만으로 충분했다.

상대의 공격을 피해낼 뿐만 아니라, 반대로 약점을 찌를 수도 있었으니까.

스스슥.

지금도 그랬다.

눈앞에서 환영처럼 마룡도가 자신의 목을 노리고 날아
들고 있었다.

단순한 베기 처럼 보이는 공격.

하지만 어느 순간 그 궤적이 변화하더니 심장을 노리
고 찔러 들어온다.

츠츠츳.

반발자국 물러서며 반원을 그려 공격을 피해낸다.

완전히 몸이 도의 궤적에서 빠지자… 마룡도제의 도가
본래 자신이 있던 자리를 꿰뚫는다.

그와 함께 드러나는 그의 텅 빈 얼굴.

꽉 쥐어진 오른 주먹이.

마룡도제의 얼굴을 후려친다.

퍼억!

주먹에 전달되는 짜릿한 타격감에 자영이 만족스런 얼
굴로 말한다.

"이제야 속이 좀 풀리는군."

톡톡.

말을 하며 손을 들어 자신의 뺨을 두드리는 자영.

그것이 무엇을 뜻하는 것인지 마룡도제가 모를 리 없
다.

"뭬!"

피가 섞인 침을 뱉어낸 마룡도제는 호흡을 가다듬었다.

'세상은 넓고… 괴물은 많군.'

인정해야 했다.

눈앞의 인간 역시 괴물이라는 것을.

마룡도제는 태현을 괴물이라 생각했었다. 세상에 다시 없을 괴물 말이다.

헌데, 이젠 그 생각을 고쳐야 했다.

눈앞에 또 다른 괴물이 나타났으니까.

자신의 전력을 어렵지 않게 받아내는 사람이 무림에 몇이나 있겠는가.

그것도 저 젊은 나이에 말이다.

'하지만 이대로 물러 설 수도 없지. 그러기엔… 내 자존심이 용납지 않는다!'

우웅―.

뜻을 함께 한다는 듯 마룡도가 용음을 터트린다.

사뭇 진지한 그 모습에 자영이 씨익 웃었다.

쿠구구…!

몸 안에 존재하는 모든 내공을 쏟아내기라도 하겠다는 듯 어마어마한 기운이 마룡도제의 몸을 휘감는다.

선명한 마기가 그의 몸을 따라 회오리 치고.

어지간한 무인이라면 보는 것만으로도 질릴 것 같은

108

기세지만 자영은 아무렇지 않았다.

아니, 오히려 마룡도제에 맞추어 기운을 끌어올린다.

쿠쿠쿠.

파직, 파직!

둘의 기운이 허공에서 연신 부딪치고.

지축이 흔들린다.

第5章.

亂高武妹 난검두림

第 5 章.

"면목이… 없네."

자리에 누워 창백한 얼굴로 힘들게 말을 하는 마룡도 제를 보며 태현은 뭐라 말을 할 수 없었다.

온 몸 가득 입은 상처는 둘 치고, 그가 입은 내상은 족 히 몇 년은 정양을 해야 나을 수 있을 정도로 깊은 것이 었다.

진양표국 건물들 중 성한 건물이 없을 정도로 엉망이 었고, 마룡도제를 비롯해 수많은 무인들이 크게 다쳤다.

유일하게 건제한 이들이 있다면 신교 무인들이었다.

그들은 실력에서 밀린 것이 아니라, 철저하게 고립되어

제대로 된 힘을 발휘하지 못했다는 것이 옳았다.

그 때문인지 상당히 자존심이 상한 듯 보였지만 중요한 것은 그게 아니었다.

"대…양산이네. 놈이 그곳에서… 기다린다 하더군."

"대양산."

"조심… 하게."

더 이상 입을 열기 어려운 듯 힘들게 마지막 말을 건넨 마룡도제가 눈을 감는다.

연신 얼굴이 붉어지는 것이 지독한 고통에 시달리는 것이리라.

"뒤는 제가 맡겠습니다."

태현이 할 수 있는 말이라곤 그것뿐이었다.

고개를 숙이고 밖으로 나오자 단리비가 태현을 기다리고 있었다.

그녀의 뒤로 광혈도들이 짐을 한 가득 들고 있었다.

"신교로?"

"더 이상 늦출 수 없으니까."

"그래. 도와줘서 고마웠어."

"알면 다음에 보자고."

웃으며 그 말을 남겨두고 단리비가 돌아선다.

그녀의 말처럼 이젠 더 이상 복귀하는 것을 늦출 수가

114

없었다.

표국이 습격 받고 무림이 어지러운 이상, 그녀가 신교를 나와 중원에 있다는 것은 신교 입장에선 상당히 껄끄러웠다.

그것을 알기에 단리비는 태현이 옮과 동시 신교로 복귀하기로 마음 먹은 것이다.

태현과 함께 있을 수 없는 것이 아쉽긴 했지만, 자신의 처지를 모를 정도로 멍청한 여자가 아니었다.

그렇기에 아쉬움을 뒤로하고 단리비는 신교로 향했다.

"당분간 표국의 문을 닫고 쉴 생각이네."

어느 사이 곁에 다가온 허무선이 웃으며 이야기 한다.

웃고 있지만 얼굴 가득 피로가 쌓인 흔적이 드러난다. 여러 가지로 힘들었기 때문이리라.

"손해가 클 겁니다."

"당장의 손해 때문에 미래를 내어 줄 수는 없는 일이지 않은가? 게다가 자네 덕분에 그동안 꽤나 벌어두었으니 표국 식구들과 인근 유명한 곳으로 단체 여행을 다녀오는 것도 나쁘지 않겠지. 사정이 이러니 거래처들도 다 이해해 주겠지."

말이 여행이지 실제론 만약의 경우를 위해 아예 항주를 벗어난다는 것이 맞을 것이다.

이번의 경우처럼 또 다시 적들이 노릴 수도 있으니까.

다만 그의 말처럼 그동안 벌어 놓은 것이 있기에 당분간 쉰다고 해서 큰 문제는 없을 것이다.

거래처가 끊기게 되겠지만 미리 충분히 사정을 설명하면 될 일이었다. 그러고서도 거래처를 잃는다면 그 뿐인일이다.

사람 목숨보다 귀한 것은 없다고 허무선은 생각하고 있었다.

"조심하게나. 내 무림에 대해 자세히 아는 것은 없으나, 이렇게까지 집요하게 자네를 노렸다는 것은 그만큼 철저한 준비를 했다는 것이니 무엇을 하든 조심, 또 조심해야 할 것이네."

"그리하겠습니다."

"그럼 난 가보겠네."

툭툭.

태현의 어깨를 두드려준 허무선이 휘적휘적 걸어 사라진다. 그러자 곧 모습을 드러내는 수라혈선대주 쌍살검.

"준비는 끝났습니다."

"그럼… 가죠."

태현의 눈 가득 살기가 맴 돈다.

털썩!

억지로 바닥에 꿇어앉혀진 선휘.

눈을 막고 있던 검은 천이 거칠게 풀어지자, 순간 밝은 빛에 눈을 감으며 얼굴을 찡그린다.

깜빡, 깜빡.

조심스레 눈을 깜빡이며 빛에 적응하자 그제야 주변 모습이 눈에 들어온다.

산 정상이었다.

주변으로 보이는 것이라곤 오직 수풀이 무성한 산뿐.

"기대해. 널 데려가기 위해 귀한 분이 올 테니까."

자영이 빙긋 웃으며 농을 건네지만 선휘는 대꾸하지 않았다. 그저 끊임없이 주변을 살피며 지형을 머리에 담으려 할 뿐.

그것을 자영도 알고 있었지만 굳이 막진 않았다.

어차피 이곳에서 살아 돌아가는 것은 자신들이 될 테니 말이다.

죽기 전 마지막 광경을 머리에 담겠다는데 방해할 마음은 조금도 없었다.

하지만 그런 자영의 생각과 달리 선휘는 애초 도망칠 생각이 조금도 없었다.

'사형이라면 놈들을 충분히 제압 할 수 있을 거야. 결

국 문제는 내가 걸림돌이 된다는 것 뿐.'

그렇게 태현에게 걸림돌이 되지 않기 위해 노력했건만 결국 그의 발목을 잡고 말았다는 사실에 선휘는 너무나 가슴이 아팠다.

아프고 또 아파 숨을 쉬기 어려울 정도로.

할 수 있다면 혀를 깨물고 죽고 싶었다.

입을 막고 있는 재갈이 아니었다면 벌써 그리했을 것이다.

'기회가 있었다면 처음 끌려갔을 때인데….'

그때는 몸의 구속이 없어 자유로웠다.

어떻게든 탈출하기 위해 주변을 살필 동안 마지막 선택을 하지 않았다는 것이 너무나 안타까웠다.

만약 그때 선택을 했다면…

결코 태현의 짐이 되지 않았을 테니까.

'기회를 노려야해. 이대로… 사형의 짐이 될 순 없어.'

그녀의 눈에 독한 결심이 서린다.

그러는 사이 하늘이 검게 변하기 시작했다.

투툭, 툭!

쏴아아ー!

비다.

하늘에서 비가 쏟아져 내리고 있었다.

118

쏴아아!

쏟아지는 비를 맞으며 태현들은 빠른 속도로 이동을 하고 있었다.

이 정도 비에 발걸음을 멈출 정도로 실력이 떨어지는 이들도 아니었고, 저 멀리 대양산이 보이기 시작했다는 것이 가장 큰 이유였다.

"별 다른 작전은 없습니다. 처음부터 밀어 붙입니다. 지휘는 대주님이 맡아 주십시오."

"그러지요."

고개를 끄덕이며 만족스런 미소를 짓는 쌍살검.

천마의 명령으로 모든 지휘권이 태현에게 있었지만, 수라혈선대에 대해 완전히 파악하지 못한 태현으로선 차라리 그에게 지휘권을 주어버리는 것이 더 편했다.

그리고 놈들에게 끌려갈 마음도 없었다.

처음부터 밀어 붙인다.

선휘가 걱정이긴 했지만 지금으로선 그것 이외엔 다른 선택지는 없었다.

외려 다른 선택으로 인해 그녀가 더 위험해질 수도 있는 일.

두근, 두근-!

'하늘이시여!'

진심으로 하늘에 바랬다.

선휘에게 아무 일이 벌어지지 않길.

자신조차도 왜 이렇게까지 심장이 두근거리고 걱정되는 것인지 알 수 없다.

하지만 분명 한 것은.

지금 그의 머릿속엔 선휘에 대한 생각으로 가득 차 있다는 것이다.

복잡할 정도로.

파바밧!

첨벙, 첨벙.

어느새 바닥에 가득 고인 물방울이 땅을 박찰 때마다 튕겨나간다.

짧은 시간 동안 억수 같이 쏟아지는 비.

처척, 척.

마침내 대양산을 앞두고 일행이 멈춰섰다.

산 전체에서 느껴지는 살기.

곳곳에 자신들을 상대하기 위한 적들이 숨어 있다는 것이 피부로 느껴진다.

"부탁드리죠."

산을 바라보던 태현의 말에 쌍살검이 대답 없이 고개를 끄덕였고, 곧 수라혈선대가 몸을 날린다.

파바밧! 팟!

비에 젖은 옷자락이 둔탁하게 휘날리는 소리가 가득 울려 퍼지고…

곧 대양산 전체에 치열한 전투음이 울려 퍼지기 시작했다.

"저긴가."

태현의 시선은 산 정상에 머무르고 있었다.

그리고… 정상을 향해 몸을 날린다.

정상으로 향하는 동안 태현을 방해하는 자들은 없었다. 미리 계획되어 있던 것인지 앞을 가로막고 서 있던 자들도 조용히 길을 비켜 준다.

그렇게 방해 받지 않고 정상에 오르자 평평한 돌 위에 걸터앉은 자영이 보인다.

놈의 곁에 무릎 꿇은 채 앉아 있는 선휘도.

"여…"

자영이 입을 열려는 그 순간.

쿠와아악!

정상을 뒤덮는 강렬한 살기.

폭풍과도 같은 살기 향연 속에 자영의 얼굴이 굳었다.

북해의 얼음보다 더 차가운 시선으로 태현은 자영을 보며 입을 열었다.

"죽는다. 넌."

말이 끝나기 무섭게 언제 뽑아든 것인지 그의 손에 청홍검이 쥐어져 있고, 백색의 광채가 자영을 덮친다!

쩌적!

방금 그가 서 있던 자리가 갈라진다.

깊은 상처와 함께.

파밧!

마치 공간을 뛰어넘은 듯 거리를 격하며 날아든 태현의 검이 매섭게 자영을 노리고 날아들었다.

"크큭! 말은 필요 없다는 건가? 하지만!"

자신의 눈앞을 뒤덮는 검의 잔영을 보며 자영은 광소를 터트리며 검을 뽑아 들었다.

불길하기 짝이 없는 검붉은 검이 붉은 강기를 토해낸다.

둘의 검이 부딪치는 순간 굉음과 함께 산 정상의 돌들이 부서지며 사방으로 비산한다.

콰콰쾅-!

'아차!'

그제야 자신이 무슨 실수를 저지른 것인지 깨달은 태현이 재빨리 뒤로 물러서며 선휘가 있던 곳을 쳐다본다.

하지만 그곳엔 이미 선휘가 없었다.

어느새 모습을 나타낸 자영의 수하가 그녀를 데리고 피했던 것이다.

"이제 대화를 할 마음이 생긴 모양이지?"

미소를 지으며 가볍게 검을 휘두르는 자영.

척.

그의 곁으로 선휘를 데리고 사라졌던 수하가 모습을 나타내더니 그녀를 내려 놓는다.

"힘들게 데리고 있었는데 이대로 잃어버리긴 좀 아깝지 않아?"

슥―…

그의 날카로운 검이 선휘의 머리카락을 건드린다.

조금만 힘을 준다면 머리카락이 아닌 목을 꿰뚫을 그 모습에 태현은 청홍검을 꽉 쥘 뿐.

으드득!

입가로 피가 비친다.

어찌나 세게 이를 악문 것인지 상처가 생긴 것이다.

그런 태현의 반응을 보며 자영은 자신의 선택이 옳았음을 확신했다.

"크큭, 크하하하!"

크게 웃음을 터트리는 자영을 보면서도 태현은 움직일 수 없었다.

웃고 있는 것과 달리 놈에게서 빈틈이 느껴지지 않았던 것이다.

그 예로 지금 이 순간에도 선휘의 목 뒤에 놈의 검이 붙어 있었다.

언제든 찌를 수 있도록.

태현의 눈이 선휘를 향한다.

선휘 역시 태현을 바라본다.

두 사람의 시선이 얽혀든다.

망설이는 태현의 눈을 보며 선휘는 말하고 있었다.

자신은 상관없으니 놈을 이기라고! 자신은 당신의 발목을 붙드는 천덕꾸러기가 아니라고!

수많은 의미를 담은 그녀의 시선에 태현은 이를 악물었다.

두근, 두근.

뛰는 심장.

눈앞의 선휘를 포기 할 순 없었다.

그렇기에 태현은 애써 그녀의 눈을 피했다.

때문에 태현은 보지 못했다.

결정을 내린 듯 단호한 그녀의 눈을.

"그래, 이렇게 쉽게 풀어나가야지. 쓸데 없이 힘 낭비

124

할 필요가 있나.”

차갑게 웃으며 태현을 바라보는 자영의 눈가에 감도는 살기.

“뭘… 바라지?”

“내가 뭘 바랄 것 같아?”

“내 목인가.”

“알면… 쉽지 않아?”

스컥.

말과 함께 가볍게 움직인 그의 검에 선휘의 머리카락이 뭉텅 잘려나간다. 허리까지 길게 늘어지던 머리카락의 반이 잘려나가는 모습을 보며 태현이 움찔 했지만, 어느새 그녀의 목 인근에서 멈춰선 놈의 검을 보며 자리에서 움직이지 않는다.

“후후후.”

통쾌한 듯 자영이 웃었다.

두 사람이 그러는 동안 선휘는 점혈을 풀기 위해 다각도로 노력하고 있었다.

‘아혈은 막혔지만 목 위로 움직일 수 있어. 그렇다면 금제가 아닌 내공을 이용한 점혈에 불과해. 마지막으로 점혈을 당한 게… 한 시진 전인가?’

차분히 머릿속으로 놈들이 자신의 몸에 손을 대었던

순간을 떠올려본다.

점혈 때문에 목 아래로 감각이 전달되지 않는 통에 확실하진 않지만 한 시진 전쯤이 분명해 보였다.

산공독과 점혈을 믿고 더 이상의 후속 조치는 없었다.

손, 발을 묶는 어떤 구속도 없다.

점혈만 풀 수 있다면 자유롭게 움직일 수 있다는 소리다.

움찔, 움찔.

'몸 전체에 가해진 점혈을 풀 수는 없지만… 다리 정도라면 충분히 가능해.'

그녀의 사부인 백검은 만약을 위해 위급한 상황에서 사용 할 수 있는 여러 가지를 그녀에게 가르쳤다.

그 가르침 중 하나가 내공이 금제당한 상황에서 억지로 점혈을 푸는 것이었다.

강한 고통이 따르지만 불의의 사태에서 벗어나기엔 이 것보다 좋은 방법이 없었다.

"내공을 사용하지 않고 점혈을 푸는 가장 효과적인 방법은 큰 충격을 받는 것이지. 몸 안의 모든 신경이 한 곳에 집중되면 자연스럽게 몸 안의 기운 역시 그곳으로 한 순간 쏠리게 되는데, 이때 점혈을 풀 수 있는 거지. 움직

126

이는 기운을 놓치지 않는다면 말이야. 보통은 쓸 일은 없지만… 넌 예쁘니 만약을 위해 배워두는 편이 좋겠구나."

아직도 선명하게 생각난다.

사부님이 곤란해 하면서 자신에게 가르쳤던 방법을 말이다.

꾹, 꾹.

이로 재갈을 씹었다.

몸을 움직이지 못하는 지금 상황에서 강한 충격을 줄 수 있는 곳이라곤 이것 뿐.

혀를 깨물어 점혈을 푸는 것뿐이다.

자칫 과다 출혈로 죽을 수도 있는 문제이지만, 그것도 나쁘지 않은 선택이다.

그러기 위해선 우선 재갈을 풀어야 했다.

충분히 침을 묻혀 송곳니로 잘근잘근 씹고, 문질렀다.

재갈의 재질이 그리 좋은 것은 아니기에 조금씩 갈리기 시작했다.

입안으로 그 흔적들이 떨어져 내리지만 선휘는 억지로 집어 삼켰다.

놈에게 들키지 않고 재갈을 끊기 위해선 이 방법이 최선이었다.

그러는 동안에도 두 사람 사이엔 살벌한 말이 오가고,
여전히 선휘의 목 뒤에선 놈의 검이 살랑살랑 움직이고
있었다.

"이 여자의 목숨을 살리고 싶다면 내 뜻대로 하는 게
좋을 거야."

"내가 죽는다고 해서 선휘를 풀어 줄 것이란 확신이 어
디에 있지?"

"날 믿어라."

"헛소리를 하는 군."

단호한 태현의 대답에 자영은 웃기만 할 뿐 대답지 않
았다.

당연한 일이었다.

태현을 죽이고 난다면 선휘 역시 죽일 것이다.

더 이상 쓸모가 없으니 말이다.

"그럼 간단한 것부터 시작할까? 버려."

손짓으로 청홍검을 가리키는 놈.

"…후!"

한숨과 함께 태현은 청홍검을 멀찍이 던진다.

휘휙─ 푹!

날카롭게 바위에 박혀드는 청홍검.

웅—웅!

지금의 상황이 마음에 들지 않는 것인지 청홍검이 울음을 토해낸다.

"무인으로서 인질을 잡다니 최악이로군."

"쉬운 길을 두고 돌아가는 짓은 멍청한 일이지."

"…감영과 비교 할 수 없는 놈이로군."

"멍청한 놈이지."

자신을 비꼬는 소리에도 웃어넘기는 자영을 보며 태현은 이를 악물었다.

어떻게든 시간을 끌며 방법을 찾아보고 있지만 쉽지 않았다.

놈은 선휘에게서 조금도 떨어지질 않는데다, 자신의 움직임 하나하나에 반응해 그녀의 목 뒤의 검을 움직인다.

당장이라도 검을 찌를 수 있다는 위협이다.

냉정한 시선으로 봤을 때.

지금 태현이 취해야 할 행동은 간단했다.

선휘를 포기하는 것.

무림의 미래를 짊어지고 혈마를 상대해야 하는 태현이다. 그런 그가 이곳에서 죽임이라도 당한다면 그야 말로 최악의 상황이나 다름없다.

그런 일을 막기 위해서라도 선휘를 포기하는 것이 옳았다.

또한 태현도 그런 사실을 너무나 잘 알고 있었다.

천마와 무신이 자신에게 거는 기대를.

'사부님!'

문득 천기자 사부가 너무나 그리워졌다.

머리로는 알겠지만 가슴이 시키지 않는다. 그저 아프고 아파 올 뿐.

그때 거력신마의 목소리가 태현의 귀에 들리는 듯 했다.

"사내로 태어나 자신의 목숨을 걸 여인을 만나는 것은 큰 축복이지! 암! 사랑하는 여인을 지키지 못할 바에는 물건 잡아 때버려! 크하하하!"

언제고 웃으며 이야기했었다.

'사랑… 인가?'

그제야 태현은 자신의 심장이, 가슴이 하는 이야기를 알아들을 수 있었다.

왜 자신이 이렇게까지 망설이는 것인지도.

대체 왜 이제까지 몰랐던 것인지 모를 정도로.

그때였다.

우득!

기묘한 소리가 태현의 귓가를 속삭인다.

투툭!

재갈이 끊어지는 소리가 들리며 입이 자유로워진다.

그와 함께 주저 없이.

선휘는 혀를 깨물었다.

힘차게.

우득!

정신을 잃을 것 같은 고통이 온 몸을 감싸고, 순간적으로 가라앉았던 몸의 기운이 일어난다.

초인적인 인내력으로 고통을 밀어내고 선휘는 그 기운들을 이용해 발을 묶고 있던 점혈을 강제로 뚫었다!

퍼퍽!

그녀의 귀에만 들리는 소리와 함께 다리가 자유로워지고.

팍!

강하게 발을 박찬다.

처음부터 목표는 정해져 있었다.

대양산 정상 옆으로 존재하는 절벽.

그 밑으로 크지 않은 강이 지나가는 그곳.

운이 좋다면 강에 떨어질 것이지만, 그렇지 않다면 벽에 부딪쳐 죽게 될 것이다.

설령 강에 떨어진다 하더라도 물이 부족하다면 그 충격에 죽을 것이었다.

모든 것을 하늘에 맡긴 채.

그녀가 절벽을 향해 뛰어들었다.

"뭐…!"

"안돼…!"

파앗!

갑작스런 상황에 자영과 태현이 움직이기 전에.

그녀의 신형이 절벽 밑으로 사라진다.

마지막 순간.

선휘는 태현의 얼굴을 보았다.

그리고… 눈을 감았다.

"안돼!"

파앗!

비명을 내지르며 선휘를 잡기 위해 움직인다.

하지만 그 전에 어느새 자영이 태현을 향해 검을 휘두르고 있었다.

목을 노리고 날아드는 놈의 검을 순간적인 재치로 철판교의 수법으로 피해내며 선휘를 붙들려 했지만.

태현의 손에 쥐어지는 것은 공기 뿐.

"아… 아아! 아아악!"

절규와 같은 그의 비명이 대양산에 울려 퍼진다.

†

쩌엉-!

콰쾅! 쾅!

하늘을 울리는 폭음과 충격파.

그를 견디지 못한 대양산 정상이 무너지고 또 무너진다.

우르릉-!

하지만 대양산이 무너지건 말건 자영은 관계없었다. 당장 중요한 것은 눈앞에서 미쳐 날 뛰는 태현을 제압하는 것이었다.

쩌정!

또 한 번 검과 검이 부딪친다.

귀를 얼얼하게 만드는 굉음은 둘 치고 손바닥이 찢어질 듯 강한 충격은 절로 얼굴을 찌푸리게 만든다.

눈앞을 까맣게 메우며 날아드는 검.

진짜와 가짜를 구분하는 것은 무의미했다.

그것들 하나하나가 전부나 마찬가지였으니.

그렇다고 자영 역시 당하고만 있을 생각은 없었다.

우웅—!

쩌적!

그의 검이 검붉은 기운을 토해내며 허공을 가른다.

감영에 못지 않은.

아니, 그 이상의 실력을 지니고 있는 자영이다.

웃음을 지우고 전력으로 검을 휘두르는 그에게 태현은 제대로 된 타격을 주지 못하고 있었다.

분노에 취해 무작정 내공을 끌어올려 공격을 펼치곤 있지만, 무작위로 날아드는 공격에 당할 정도로 호락호락한 상대가 아닌 것이다.

무한에 가까울 정도의 내공이 아니었다면 진작 자영에게 당하고도 남았을 것이다.

그나마 내공 덕분에 지금까지 버틴 것이다.

으득!

이를 악무는 태현.

시간이 흐르며 차츰 제 정신을 찾았다.

최대한 냉정하게 상대하려 하지만 어디 그것이 쉽겠는가. 자신의 감정을 깨닫고 얼마 되지 않아 선휘를 잃었다.

134

그 허무함은 곧 분노가 되었고, 분노는 놈을 향했다.

끊임없이 솟아오르는 살기!

"크아아앗!"

비명에 가까운 기합과 함께 태현의 손에 쥐어진 청홍검이 자영을 일도양단 할 기세로 날아든다.

발을 놀려 옆으로 피해낸 자영의 검이 반대로 태현의 빈틈을 노리고 찔러 들어오지만, 태현은 피하지 않았다.

오히려 발걸음 앞으로 내딛으며 피해를 최소한으로 만든다.

촤악-!

예리한 소리와 함께 왼 팔뚝이 베어 지며 약간의 피가 튄다.

하지만 덕분에.

"잡았다."

태현의 차가운 눈이 텅빈 놈의 심장을 바라본다.

NEO ORIENTAL FANTASY STORY

第6章.

亂劍武妹 난검무림

第 6 章.

"헉, 헉! 젠장, 더럽게 빠르네!"

거칠게 숨을 토해내며 파설경은 얼굴 가득한 물기를 닦아내며 쉬지 않고 달렸다.

뒤늦게 태현이 선휘를 구하기 위해 움직였다는 소식을 들었다. 실력도 되지 않는 자신으로선 큰 도움이 되지 않겠지만 그렇다고 뒤로 물러서 있기는 싫었다.

그렇기에 파설경은 즉시 대양산으로 향했다.

문제는 워낙 실력 차가 큰데다 경공에 익숙지 못한 덕분에 태현들과의 거리가 점점 멀어지고 있다는 것이었다.

다만 긍정적인 것은 지치지 않는 체력으로 쉬지 않고

꾸준히 움직이고 있다는 것이었다.

덕분에 쏟아지는 폭우를 뚫고 마침내 대양산의 초입에 도착 할 수 있었다.

"늦었나?"

피부가 곤두설 정도로 강렬한 살기가 대양산 전체에 퍼져 있었다.

특히 정상에서 들리는 폭음과 기운은 절로 식은땀이 날 정도다.

불길한 생각이 들지만 파설경은 고개를 저었다.

당장으로선 그녀가 할 수 있는 것은 최악의 상황이 아니길 비는 것 밖에 없었다.

"그런데… 이쪽으론 못가겠네?"

얼굴을 찡그리는 그녀.

눈앞에 대양산을 두고 있지만 사방에서 병장기 소리와 살기가 가득 풍기니 쉽게 산을 오를 수 없었다.

혀를 차며 대양산을 중심으로 원을 그리며 또 다른 길을 찾기 시작했다.

얼마 지나지 않아 그녀의 눈에 대양산을 끼고 도는 계곡이 보였다.

"비 때문인가?"

콰콰콰!

계곡에 물이 가득했다.

귀가 얼얼할 정도의 꾕음과 함께 어마어마한 속도로 흘러가는 물살.

휩쓸리는 순간 어지간한 실력으론 빠져 나올 수 없을 것 같은 계곡이지만 덕분에 다른 이들의 기척이 느껴지지 않았다.

"여기뿐인가?"

낮게 혀를 찬 그녀가 계곡의 절벽에 매달린 채 조심스레 이동을 시작한다.

튀어나온 돌을 붙들고 밟으며 조심스레 움직이길 얼마.

슬슬 위로 올라가볼까 하며 고개를 드는 순간이었다.

휘이익-.

저 위에서 무엇인가가 떨어져 내리고 있었다.

붉은 피를 흘리며.

정신을 잃은 듯 이리저리 흔들리는 그녀를 본 순간 파설경은 본능에 따라 움직였다.

콰직!

강하게 절벽을 걷어차며 비스듬하게 허공으로 솟아오른다.

자신이 할 수 있는 모든 내공을 끌어내 몸을 보호하며, 그녀 선휘를 허공에서 받아 들였다.

그 순간.

첨벙!

콰아아!

두 사람이 계곡에 휩쓸렸다.

†

자영의 손에 들린 검이 날카로운 변화를 일으키더니 곧 베기에서 찌르기로 전환한다.

츠츠츳!

벌이 날아드는 듯한 소리와 함께 늘어나는 검.

검붉은 검강을 유지하며 날아드는 검은 조그마한 실수에도 목숨을 잃을 정도로 위협적이다.

타닷, 탁.

좌우로 변화의 폭이 넓게 발의 변화를 가져가며 상체를 끊임없이 흔드는 태현.

공격을 피하는 것도 피하는 것이지만 이런 식으로 몸을 움직임으로서 언제든 반격을 가할 수 있었다.

스슥, 스컥!

날카로운 소리와 함께 옷자락이 베여나간다.

이미 상의는 누더기 수준.

못 곳곳에 난 상처들에서 피가 조금씩 흘러나오지만 내공으로 상처를 틀어막은 채 태현은 끊임없이 움직였다.

태현도 빠르지만 자영의 움직임은 그것을 훌쩍 뛰어넘고 있었다.

감영과의 싸움에서 태현이 빠르기로 우위를 가졌다면, 이번엔 반대로 자영이 태현에게 빠르기로 우위를 가져가고 있었다.

"큭!"

스컥.

짧은 비명과 함께 눈앞을 스쳐지나가는 검.

머리카락이 잘려 나가는 것이 눈에 선하다.

'빌어먹을!'

너무 흥분한 탓에 잊고 있었다.

이곳은 놈이 초대한 장소라는 사실을 말이다.

움직임 하나하나가 마치 늪에 빠져든 기분이다.

한발 한발 움직이는 것이 어려울 정도.

막강한 내공의 힘으로 어떻게든 이겨내고 있지만 서서히 그것도 한계가 보이기 시작했다.

'찾아라. 찾아라!'

태현의 눈동자가 쉼 없이 움직인다.

자신의 발목을 잡고 있는 진법(陳法)의 축을.

어떠한 진법인지 알 수 없지만 태현의 발목을 붙들고 있을 뿐만 아니라 지속적으로 강한 중압감을 심어주고 있었다.

처음엔 느끼지 못했으나, 시간이 지날수록 진법의 위력이 강해지고 있었다.

쩌엉-!

콰콰콱!

굉음과 함께 발을 딛고 있던 암벽이 부서져 내린다.

재빨리 몸을 움직여 안전한 곳으로 움직이지만, 어느새 자영이 따라 붙는다.

기회를 놓치지 않겠다는 듯 자영은 쉼 없이 검을 휘두르고 있었다.

얼굴에 가득하던 미소는 언제부턴가 사라진지 오래.

콰직- 콰지직!

둘의 싸움이 치열해질수록 대양산은 점차 그 모습을 잃어가고 있었다.

오죽하면 산 밑에서 치고받던 수라혈선대와 자영의 수하들이 다급히 자리를 뜰 정도였다.

'가만? 수라혈선대가 아직도 제압을 못하고 있다고?'

순간 드는 의문.

"흡!"

쩌엉-!

짧은 기합과 함께 강하게 놈을 밀친다.

어찌나 강하게 쳤는지 순식간에 십여 장을 밀려나는 자영.

다시 한 번 달려들려는 놈을 향해 태현이 손을 들어 멈추게 했다.

"무슨 짓을 한 거지?"

"…뭘 말이지?"

태현의 물음에 자영이 눈을 굴리며 대답한다.

"신교에서 최고라 불리는 수라혈선대를 어떻게 저 따위 놈들이 묶어 둘 수 있는 거지?"

"아하. 그거야… 가르쳐 줄 것 같아?"

놈의 얼굴 위로 떠오르는 미소.

당장 박살을 내버리고 싶을 정도로 꼴 보기 싫지만 태현은 이를 악물었다.

어차피 놈과는 이곳에서 끝장을 볼 것이다.

물론 살아있는 것은 자신이 될 것이고.

그렇다면 앞으로를 위해서라도 놈들의 수법을 하나라도 더 알아내는 것이 중요했다.

"날 묶어두고 있는 진법과 같은 종류인가?"

"흐흐… 그건 네가 신경 쓸 필요 없지."

난검무림 145

놈의 반응을 보며 태현은 같은 종류의 진법이 산 전체에 펼쳐져 있는 것이라 생각했다.

하지만 그 이상 무엇인가가 있는 듯 했지만 끝내 놈은 입을 열지 않았다.

우웅―.

더 말을 섞지 않겠다는 듯 자영의 검 위로 검붉은 검강이 솟아오른다.

그 모습은 보며 태현은 숨을 골랐다.

싸움에서 흥분은 금물이다.

그런데 자신은 흥분했고, 약점을 잡혀 죽었어도 할 말이 없는 상황이었다.

운이 좋아 아직 버티고 서 있을 수 있었으니, 이젠 정신 차리고 움직여야 할 때였다.

'사부님들의 가르침을 떠올리자. 차근히, 하나씩.'

머릿속을 정리한다.

선휘에 대한 것도 모두 뒤로 미루었다.

집중했다.

눈앞의 상대에.

점차 시야가 줄어든다.

무색 공간에 놈과 자신, 단 두 사람이 존재한다.

기묘한 감각이지만 태현은 오히려 반겼다.

그 어느 때보다⋯ 집중이 되고 있었다.

웅, 웅, 웅.

이제까지와 다르다는 것을 눈치 챈 것인지 청홍검이 낮게 울음을 터트린다.

그리고.

다시 두 사람이 충돌했다.

쐐액!

섬뜩한 소리와 함께 허공을 가르는 태현의 검.

흩날리는 머리카락.

'피하는 것이 조금만 늦었어도.'

그야 말로 찰나의 순간 허리를 숙이지 않았다면 그대로 목이 날아갈 뻔 했다.

'하지만⋯!'

자영 역시 당하고만 있지 않았다.

어느새 몸을 빠르게 회전하더니 발목을 노리고 검을 휘두른 것이다.

낮고 날카롭게 날아가는 검.

검을 휘두르던 자세 때문에 피해내기 어려울 것 같았지만 태현은 서슴없이 허공으로 몸을 띄웠다.

그 순간을 기다렸다는 듯 자영의 검이 하늘을 향해 직

각으로 솟아오른다!

쩡!

굉음과 함께 사방으로 튀는 불꽃!

몸을 띄움과 동시 빙그르 회전하며 어느새 솟아오르는 자영의 검을 막았다.

거기에 밀고 올라오는 힘을 거스르지 않으며 거리를 벌린다.

한 순간 벌어진 동작.

"쯧!"

짧게 혀를 차며 다시 달려드는 자영.

서로의 목숨을 노리는 공수의 간격이 점차 빨라지고 있었다.

하지만 자영이 믿는 것은 따로 있었다.

바로 대양산 전체에 펼쳐 놓은 진법이다.

보보중압진(步步重壓陳).

시간이 갈수록, 걸음을 걸을수록 몸 전체를 짓누르는 진법이었다.

당장 눈을 현혹한다거나 하는 것은 아니지만 오랜 시간이 흐를수록 그 위력이 더해가는 진법으로, 지금 같은 상황에선 최고의 위력을 발휘하는 진법이었다.

'지금까지 버틴 것이 용하지만… 놈! 이젠 더 이상 버

148

티지 못할 것이다.'

벌써 수 시진이다.

아무리 대단한 내공을 지녔다 하더라도 이젠 한계에 도달할 때가 되었다.

왜냐하면… 아무리 많은 내공을 지니고 있어도 그것을 사용하는 육체의 피로는 계속해서 쌓이기 때문이다.

자영이 적극적인 공세를 펼치지 않는 것은 그 기회를 노리고 있기 때문이었다.

시간이 걸리겠지만 확실히 적을 제압할 수 있는 방법.

그가 가장 좋아하는 방법이다.

스컥.

청홍검에 옷자락이 잘려나간다.

태현이 그렇듯 자영의 옷 역시 어디 한 곳 성한 곳이 없었다.

곳곳에 자잘한 상처들이 생겼고, 조금씩 피가 흐른다.

시간이 흐르고 점점 조급해지는 것은 자영이었다.

'왜지? 왜 지치지 않는 것이냐!'

이해 할 수 없었다.

보보중압진은 아직도 정상적으로 돌아가고 있었다.

헌데, 여전히 멀쩡하게 움직이는 이유가 대체 무엇이란 말인가?

자영의 상식으로 있어선 안 될 일이 조금씩 벌어지고 있었다.

덕분인지 조금씩 그의 손이 어지러워진다.

신기한 감각이었다.

세상에 오직 자영과 자신만이 남은.

회색의 공간에 두 사람만이 남은 것 같은 그런 기묘한 감각이지만 그만큼 집중되었다.

스르륵-.

놈의 검의 궤적이 눈에 들어온다.

처음엔 이상하다 생각했지만 점차 익숙해지자 이젠 어렵지 않게 놈의 공격을 피해낸다.

시간이 지날수록 자영이 어떻게 움직이고, 어떤 방식으로 공격을 펼칠 것인지 보지 않아도 알 수 있을 정도다.

왜 이런 현상이 자신에게 일어나는 것인지 몰랐다.

알아보는 것은 나중에 해도 될 일이다.

지금 중요한 것은.

놈을 잡을 수 있다는 것이다.

다시 한 번 놈이 몸을 회전시키며 검을 뻗는다.

사방으로 뻗어가지만 결국 놈의 검이 향하는 곳은 자신의 심장이 있는 곳.

나머지는 가짜다.

'이제 끝내자.'

그렇게 마음 먹는 순간.

세상이 본래의 모습으로 돌아오기 시작했다.

츠츠춧.

어느새 태현의 검이 부드럽게.

아주 부드럽게 놈의 검을 통 채로 베어내며 목을 향한다.

즈컥.

'위험…!'

어찌된 것인지 모르겠지만 자영은 본능적으로 검에서 손을 놓았다.

오랜 시간 자신의 애검이었으나 개의치 않았다.

죽는 것 보단 훨씬 나은 일이었으니까.

즈컥.

날카로운 소리와 함께 검이 동강난다.

그리고… 자신의 목을 베었다.

타닷. 탓.

재빨리 뒤로 물러서며 손으로 목을 붙드는 자영!

"헉, 헉!"

다행이.

아주 다행히 목이 붙어 있었다.

마지막 그 순간 뒤로 물러선 것이 정답이었다.

물러서는 것이 조금만 늦었어도 더 이상 이 세상의 사람이 아니었을 것이다.

스물스물.

완벽하게 피해낸 것은 아니었다.

손을 타고 붉은 피가 흐른다.

뜨거운 피의 느낌에 목에서 손을 떼어 자신의 손을 바라보는 자영.

양손 가득 붉은 피가 묻어있다.

"히익, 히익."

게다가 숨소리까지 이상하다.

목을 완전히 베는 것엔 실패했지만 살가죽이 날아가며 구멍이 난 것이다.

파밧. 팟.

그것을 인지한 순간 자영은 재빨리 점혈을 시도했다. 잠시 피가 멈추는 듯 했지만 다시 흐른다.

벌어져버린 상처.

봉합하지 않는 이상 무리일 것이다.

"너… 히… 크…."

더 최악인 것은 목소리가 나오지 않았다.

입으로 발성을 하기 전에 베여버린 곳으로 공기가 새어나간다.

으드드득!

이를 악무는 자영의 몸에서 강렬한 살기가 뿜어져 나온다.

'얕았나?'

손으로 전해지는 느낌이 별로다.

얼굴을 찌푸리는 태현.

하지만 승기가 완전히 자신에게 넘어왔음을 확신했다.

자신의 발을 묶던 진법의 효능도 어느 순간부터 자신에게 통용되지 않았다.

확실한 것은 아니지만 자신의 앞을 막고 있던 벽이 자연스럽게 무너졌다는 느낌이다.

그때였다.

분노한 듯 강한 살기를 뿜어내는 자영.

호흡이 연신 상처로 새며 무슨 말을 하는 것인지 모르겠지만 살기로 봐선 듣지 않아도 알 수 있는 말이다.

다만 중요한 것은 놈이 품에서 꺼내든 붉은 환약이었다.

'어디서 본 것 같은데?'

분명 기억에 있었다.

환약을 삼키는 자영.

고오오…!

놈의 몸에서 이제까지와 비교 되지 않는 거센 기운이 흘러나오기 시작하고.

그제야 태현은 그것을 어디에서 본 것인지 떠올렸다.

"구양문…!"

그 순간 놈이 달려들었다.

†

쏴아아─!

"푸하! 헉, 헉! '

거친 물살을 뚫고 비틀거리며 육지로 올라서는 한 여인.

등에 사람을 업고도 잘도 불어난 계곡물에서 버텼다.

털썩!

"젠장, 죽을 뻔 했잖아?"

안전한 곳에 도착했다 싶자 자리에 주저앉으며 파설경이 혀를 내둘렀다.

154

정말 운이 좋았다.

불어난 물살의 힘은 그녀의 생각보다 더욱 거칠었고, 쉼 없이 바위에 부딪쳤다.

타고난 육체와 천력신공이 아니었다면 결코 살 수 없었을 것이다.

"그보다 괜찮을까?"

그녀의 시선이 한 쪽에 뉘인 선휘를 향한다.

가슴이 오르락내리락 하는 것이 당장은 숨을 쉬고 있지만, 창백해진 얼굴을 보면 오래 버티진 못할 것 같았다.

"제길!"

결국 자리에서 일어난 그녀는 다시 선휘를 등에 업었다.

그리곤 자신이 할 수 있는 최대한의 속도로 인근 도시를 향해 달렸다.

문제는 이곳이 어딘지 모르기에 주변 어디에 마을이나 도시가 있는지 모른다는 것이지만, 그녀는 무작정 달렸다.

당장 자신이 할 수 있는 일은 그것 밖에 없기 때문이었다.

등에 업힌 선휘의 숨소리가 조금씩 약해진다.

✝

　태현은 그 이름을 몰랐지만 자영이 먹은 것은 쇄혼단이라 불리는 것이었다.

　쇄혼단을 섭취하면 폭발적인 힘을 얻을 수 있지만 그 힘의 원천은 선천진기였다.

　사람이 태어나면서 가지고 태어나는 본연의 기운.

　당연한 이야기겠지만 선천진기를 완전히 소모한다면 누구도 살 수 없다.

　죽음을 각오하고 폭발적인 힘을 얻게 만드는 것.

　그것이 바로 쇄혼단이었다.

　자영의 수하들이 수라혈선대를 막아 설 수 있었던 바탕에도 쇄혼단의 힘이 서려 있었다.

　철혈성 무인들은 철저히 명령에 복종하게 배우고 자란다.

　쇄혼단 역시 마찬가지.

　죽을 것을 알면서도 그들은 쇄혼단을 먹는 것이다.

　쇄혼단을 먹은 자영의 힘은 압도적인 것이었다. 적어도 당장엔 천마와 필적한다 하더라도 납득할 정도다.

　쩌저적!

　콰직!

순간적으로 청홍검을 놓칠 뻔 했지만 억지로 움켜쥐는 것으로 겨우 위기를 무마시킨다.

온 몸을 관통하는 파괴력까진 어찌 할 수 없지만 지금 청홍검을 놓친다는 것은 죽음으로 이르는 지름길이나 마찬가지였다.

빠르고, 강하게 숨도 쉬지 않고 공격을 쏟아내는 통에 회피 동작만으론 놈의 공격을 다 피해 낼 수 없었던 탓이다.

"크, 하, 학."

놈의 거친 숨소리가 울린다.

분명 자영의 공격은 위력적이었다.

이제까지와 비교 할 수 없을 정도로 말이다.

"하지만… 그뿐이지."

스슥, 촤악!

청홍검이 날카롭게 휘둘러지고, 자영의 허벅지와 옆구리를 베어낸다.

푸확ㅡ!

튀어 오르는 붉은 피!

"캬… 하학!"

고통에 뒤로 몸을 빼는 자영을 향해.

태현은 부드럽게 검을 휘둘렀다.

"극검(極劍)."

서컥-!

날카로운 소리가 귓가에 들려오고 짜릿한 손맛이 전달
된다.

조용히 검집으로 들어가는 청홍검.

툭, 데구르르…

푸확!

자영의 머리가 떨어져 내린다.

힘은 좋아졌지만 그만큼 본래의 모습을 잃어버린 자영
이었다. 게다가 이미 그의 모든 것을 파악한 태현이기에
자신의 모습을 잃어버린 자영의 목을 베는 것은 어렵지
않은 일이었다.

"전장에서 흔들린다는 것은 곧 죽음과 같은 말이다."

천마의 음성이 생생하게 들려오는 것 같았다.

"하…!"

쏴아아아!

고개를 하늘로 들자 비가 쏟아진다.

놈과의 싸움에 집중하느라 비가 오고 있었던 것도 잊
고 있었던 것이다.

158

주룩-.

빗물에 섞인 물방울이 조용히 흘러내린다.

NEO ORIENTAL FANTASY STORY

第7章.

亂鳥武林 난검두림

第 7 章.

항주로 돌아온 태현이 본 것은 죽은 줄로만 알았던 선휘의 모습이었다.

자신의 눈이 잘못 된 것이라 생각하고 몇 번이나 문질러보고 나서야 눈앞의 선휘가 진짜라는 것을 확신 할 수 있었다.

얼마나 기뻤던지 다른 사람들의 눈을 신경 쓰지 않고 선휘를 강하게 껴안고 몇 바퀴나 돌았다.

"아주 지랄을 하세요."

보고 있던 파설경이 툴툴거리며 말하고 나서야 붉어진 얼굴로 그녀를 내려놓은 태현이었다.

"천운이었군."

"이 몸이 잘난 덕분이지!"

눈을 빛내며 단호히 말하는 파설경을 보며 태현은 웃지 않을 수 없었다.

딱히 틀린 말이 아니었다.

그 순간, 그 자리에 그녀가 있지 않았다면 결코 선휘는 살아남지 못했을 것이다.

설령 다른 누군가 있었다 하더라도 그날의 물살을 생각한다면 천력신공을 익히고 있는 파설경이 아니었다면 역시 죽었을 것이다.

그야 말로 하늘이 도운 것이다.

선휘도 파설경도 죽음의 위기에서 벗어난 것이다.

그리고 또 운이 좋았던 것은 한참을 휩쓸려간 끝에 도착한 곳이 항주에서 그리 멀지 않은 곳이었단 것이다.

덕분에 태현보다 빨리 진양표국에 도착했고, 충분한 치료를 받을 수 있었다.

문제가 있다면.

잘려나간 선휘의 혀였다.

치료 받는 것이 조금만 늦었어도 죽을 뻔 했을 정도로 강하게 깨문 혀.

잘려나간 혀가 본래대도 돌아갈 가능성은 아예 없다.

운이 좋았지만 선휘가 다시 말을 하는 경우는 없을 터였다.

정말 간단한 의사표현을 제외하곤 말이다.

조금 더 이곳에서 머물고 싶었지만 길게 있을 순 없었다.

철혈성의 움직임이 심상치 않았던 것이다.

결국 선휘와 마룡도제, 파설경은 신의가 있는 곳으로 움직였다.

신의라면 좀 더 빠르고 완벽하게 그들을 치료 할 수 있을 뿐더러, 그가 있는 곳은 누구에게도 알려져 있지 않음이니 최소한의 안전이 보장된다.

그렇게 모두를 떠나보내고 나서야 태현은 길을 나섰다.

수라혈선대가 신교로 복귀했고, 태현은 무림맹으로 복귀했다.

이제 진짜 싸움이 남은 것이다.

†

콰지직!

철무진의 몸에서 뿜어져 나온 기운에 주변의 물건들이 괴음을 내며 부서져 나간다.

거친 기의 폭풍에서 버틸 수 있는 물건은 거의 없었다.

그런 철무진의 앞에서 황영은 식은땀을 가득 흘렸다.

팔영 중 살아남은 것은 자신 뿐.

그마저도 돈을 버는 재주가 있기에 팔영의 한 자리에 앉을 수 있었을 뿐이지, 무공 실력으로는 가장 떨어지는 것이 그였기다.

지금 철무진이 내뿜고 있는 기세를 담담히 견뎌내기엔 그의 실력이 많이 모자랐다.

덜덜덜.

절로 떨리는 몸.

어떻게든 멈춰보려 하지만 쉽지 않았다.

그것을 본 철무진의 얼굴이 일그러진다.

감영에 이어 자영을 잃은 것은 큰 타격이었다. 아직 팔영의 빈자리를 메우기도 전이다.

거대한 철혈성을 자신의 수족처럼 움직이기 위해선 반드시 팔영이 필요했고, 그 정점에 서 있는 것이 감영과 자영이었다.

그런 두 사람이 죽었으니, 문제가 안 생길 수가 없다.

가장 중요한 것은 자신의 뜻을 미리 헤아려 움직일 수 있는 자가 없어졌다는 것이었다.

으드득!

이를 가는 철무진.

서서히 집무실을 가득 채우던 기의 폭풍이 잦아든다.

"지금 즉시… 성의 모든 무인들을 집합시켜라."

"모, 모든 무인들을 말입니까? '

"당장!"

"네, 네!"

철무진의 호령에 깜짝 놀라 밖으로 달려 나가는 황영.

그 뒷모습을 보며 철무진이 이를 간다.

돈을 버는 것엔 재주가 뛰어나지만 자신의 수족으로 움직이기엔 황영은 너무나 부족했다.

"너무 안일했군."

자신의 실수를 인정하는 철무진.

이런 상황을 가정하고 준비를 했었어야 하는 것인데, 그러질 못했다.

오랜 준비를 거쳐 마침내 중원 정복을 시작했다는 기쁨이 겉으로 드러나진 않았지만 철두철미하던 그의 빈틈을 만들어 내었다.

작은 빈틈이 결국 지금의 사단을 만든 것이나 다름없다.

"어차피 이렇게 되었다면…."

자리에서 일어서는 철무진의 몸에서 물씬 풍기는 혈향.

무림의 완전히 자신의 품에 안기 위해 그동안은 자신의 영역에 들어온 무림문파들을 회유해왔다.

힘으로만 억압한 무림제패는 모래성을 쌓는 것과 같다고 생각했기 때문이다.

실제 과거 무림을 손에 쥐었던 자들이 일찍 무너진 이유 역시 동일한 것들이었고.

그렇기에 오랜 시간 공을 들여 수많은 계획을 짜고 실행해 왔던 것인데, 이젠 그럴 필요가 없었다.

천마신교처럼 오랜 세월 지속될 문파의 초석이 되어야 할 팔영들이 죽었다. 그들을 대신할 자들을 처음부터 키운다 하더라도 그만큼의 시간을 필요로 하는 일.

그럴 시간을 무림맹과 천마신교가 기다려 주진 않을 것이었다.

"놈의 성장이 무서울 정도니… 쯧! 역시 처음부터 처리했어야 하는 것인데…."

저벅저벅–.

혼자 중얼거리며 쉬지 않고 걷는 철무진.

잠시 뒤 철혈성의 대연무장에 그가 모습을 나타낸다.

"성주님을 뵙습니다!"

"성주님을 뵙습니다!"

쩌렁쩌렁–!

귀를 울리는 거대한 소리와 함께 수만에 이르는 무인들이 일제히 무릎을 꿇는 모습은 장관이었다.

이렇게 많은 이들이 한 자리에 이토록 빠르게 모일 수 있었던 것은 자영의 일이 무사히 처리되면 곧장 무림맹을 칠 생각이었기 때문이었다.

때문에 철혈성에 소속된 무인들 대부분이 본성으로 들어와 대기하고 있었고.

영역이 늘어난 만큼 철혈성에 속하길 바라는 자들이 늘어난 통에 처음과 비교해 족히 수배는 커진 철혈성이지만 철무진의 눈에는 아직도 부족했다.

중원 전체를 씹어 삼키고 나서야 더 이상의 부족함을 모를 것 같았다.

우우우-!

삽시간에 주변을 지배하며 날뛰는 혈기!

철무진의 몸에서 흘러나온 강대한 기운은 사방으로 날뛰며 사람들을 휘어잡는다.

일종의 보여주기였다.

그들이 목숨처럼 따르는 자신의 실력을 보임으로서 충성을 받아내는.

"오늘부터…."

철무진의 입이 열리고 모두의 시선이 그를 향한다.

"전면전을 시작한다."

무림에 피가 흐르기 시작했다.

†

철혈성은 등장할 때를 제외하면 큰 피를 흘리는 것을 피해왔다.

물론 얼마 전 무림맹과의 충돌을 일으키며 사천무림을 집어 삼킬 때 피를 흘리긴 했지만 규모를 생각한다면 많은 피를 흘리지 않은 것이라는 것이 중론이었다.

그 바탕에 무림에 뿌리를 내리기 위해서라는 의견이 깔려있었다.

하지만 이번엔 달랐다.

자신들을 따르지 않는 자들은 철저하게 짓밟았다.

따르는 자들에겐 많은 혜택을 주었지만 그러지 않는 자들은 거의 살려두지 않았다.

수많은 곳에서 피가 흘렀다.

최소 중립을 지키는 것만으로도 문파를 건드리지 않던 철혈성은 더 이상 없었다.

그들이 바라는 것은 오직 복종 또 복종뿐.

이미 그들이 지배한 곳에서 수도 없이 많은 피가 흐르

기 시작했고, 곧 그 칼날은 중원으로 향했다.

"당장이라도 놈들을 쳐야 합니다! 더 이상 놈들이 날뛰게 할 수는 없습니다!"

"놈들을 막을 비책이라도 있는 것이오? 혈마를 막을 방법조차 확실하지 않지 않소이까!"

"어허, 그렇다고 손놓고 보고만 있자는 것이오?"

"내 말은 확실한 대책을 세우고 움직이자는 것이 아닙니까!"

무림맹 회의장은 공격적이라 만치 사람들이 각을 세우고 있었다.

치열한 말다툼은 그 끝을 알 수 없을 정도다.

평소라면 맹주가 나서서 그들을 말리겠지만 이번만큼은 어쩔 수 없었다.

철혈성에게 자신들의 영역을 빼앗긴 자들과 그렇지 못한 자들의 싸움인 것이다.

어느 편을 들어도 결국 손해일 수밖에 없었다.

뿐만 아니라 누구의 말처럼 혈마라 불리는 철혈성주를 막을 수 있는 뾰족한 대책도 없었다.

맹주인 무신마저도 놈에게 패했으니 더욱 그러했다.

근 두 시진에 걸쳐 떠들고 나서야 더 이상 소리를 지를 힘도 남지 않은 것인지 조용해진다.

서로의 입장에서 한 치도 물러설 수 없는 일이니 회의장이 시끄러운 것은 당연한 일.

이젠 남은 것은 맹주의 선택이었다.

심지어 부 맹주와 군사까지 맹주를 바라보고 있었다.

그만큼 어려운 상황이었다.

"…현재 무림맹의 전력은 얼마나 되지?"

군사인 신묘를 향해 묻는 무신.

몰라서 묻는 것이 아니란 것을 알기에 신묘는 맹주가 아닌 회의장의 사람들을 향해 입을 열었다.

"당장 동원 할 수 있는 전력은 대략 2만. 시간이 주어진다면 충분히 3만에 이르는 인원을 동원 할 수 있을 것으로 파악하고 있습니다. 이는 근래 철혈성의 움직임이 심상치 않음으로 인해 대부분의 전력이 본맹에 집결되어 있기에 가능한 일입니다."

"오오오."

2만이란 숫자에 놀라는 사람들.

근래 무림맹에 머무는 사람들의 숫자가 많다고 생각은 했지만 그것이 2만이 될 것이라 예상한 이들은 없었다.

그 숫자 때문인지 움직이는 것을 반대하던 자들의 얼굴까지도 상기된다.

172

지금 움직이자고 하면 반대하지 않을 것 같았다.

허나, 그것이 얼마나 허망한 숫자인 것인지 무신도 신묘도 두 부맹주도 알고 있었다.

2만이란 대규모 인원이지만 그 안에서 진짜 쓸 모 있는 무인은 반의반도 되지 않을 것이 분명했다.

잘해봐야 육, 칠천이 한계일 것이었다.

그 외에는 사실상 머릿수 채우기에 불과할 터다.

그에 반해 철혈성의 무인들은 무서울 정도로 많았다.

당장 파악된 인원만 하더라도 5만에 가까웠고, 본래 그들이 보유하고 있던 진짜 무인들도 1만이 넘는다.

어쩌면 2만에 가까운 진짜배기들이 있을 지도 모르는 상황.

천마신교의 전력이 2만에 가까운.

그들 모두가 제대로 된 싸움을 펼칠 수 있는 자들이라는 것을 생각한다면 실제로 무림맹의 세력이 가장 떨어지는 것이지만 누구하나 그것을 지적하는 이들이 없었다.

모르는 이들은 모르는 데로.

아는 이들은 아는 데로 외면했다.

겨우 솟아오른 사기를 떨어트릴 필요는 없기 때문이다.

신묘의 어쩔 수 없다는 눈길을 받은 무신은 가볍게 고개를 끄덕이며 입을 열었다.

"철혈성의 만행을 더 이상 두고 볼 수 없음이니! 곧 맹의 전력을 다하여 놈들을 칠 것이다! 정의는 우리의 것이다!"

"와아아─!"

기운 찬 함성이 회의장을 뒤흔든다.

털썩!

"어렵군."

집무실에 돌아오자마자 의자에 주저앉으며 무신이 고개를 흔들자 그의 뒤를 따라 들어온 세 사람이 의자에 앉으며 답했다.

"지금으로선 저렇게라도 움직이게 하는 것이 나을 겁니다."

"설마 했는데… 이렇게까지 전력이 차이가 날 줄은…."

신묘의 말을 이어 현천검제가 쓰게 웃었다.

어렴풋이 무림맹의 힘이 가장 떨어질 것이라 예상은 했지만 그것이 실제로 드러나자 입이 쓴 것이다.

스스로의 실력을 높이는 것보다 상대를 헐뜯고, 세력 싸움에만 집중하다보니 벌어진 일이다.

"자업자득인 셈이지."

오호창제가 쓰게 한 마디 한다.

그 말처럼 나태했던 정파무림이기에 지금의 처지에 놓인 것이나 마찬가지다.

"신교는 언제 움직이지?"

오호창제의 물음에 신묘가 고개를 저었다.

"일단 우리가 움직이면 보조를 맞추기로 되어 있을 뿐, 세세한 것은 아직 정하지 않았습니다. 그러기엔 시간이 너무 없었으니까요."

"후… 마교. 아니 신교라고 불러야 하나? 아무튼 그들과 손을 잡는 날이 오게 될 줄이야."

쓰게 웃는 현천검제를 보며 신묘의 얼굴에도 비슷한 감정이 실린다.

"신교에서 많은 것을 양보한 셈이지. 아무리 혈마를 상대 할 수 없다 하더라도 신교가 가진 힘은 분명 우리는 뛰어넘는 것이니."

무신의 말에 세 사람의 고개가 끄덕여진다.

이번에 두 세력이 손을 잡게 된 결정적인 이유엔 신교의 많은 양보가 있었음이다.

아직 세상에 공표하지도 않았고 이 사실을 알고 있는 사람도 극소수에 불과했지만 발표된다면 큰 반향을 일으킬 것이 분명했다.

좋은 이유에서든, 싫은 이유에서든 말이다.

"공개는 언제 할 생각인가? 시기가 잘 맞아야만 큰 소동이 없을 것인데?"

현천검제의 말은 당연한 것이었다.

천마신교와 손을 잡는 것은 대단히 예민한 문제였다.

자칫 시기를 잘 못 잡아 발표하게 된다면 등을 돌리게 되는 이들이 속출 할 수도 있었다.

그게 아니더라도 겨우 하나가 된 무림맹이 분열을 일으킬 확률이 높았다.

그만큼 서로 간에 쌓인 것이 많은 것이다.

"생각은 하고 있습니다만… 워낙 예민한 문제이니…"

신묘라 불리는 제갈량에게도 쉽지 않은 선택이었다.

작은 실수가 곧 큰 불행으로 이어질 수 있음이니 신중에 또 신중을 기해야 하는 것이다.

하지만 의외의 해답이 무신에게서 흘러나왔다.

"공표는 없네."

"예? 허면 어찌…?"

세 사람의 시선이 무신을 향한다.

손을 잡기로 해놓고 공표를 하지 않는다는 것은 자칫 큰 오해를 불러일으킬 수도 있는 일이었다.

정말 재수 없다면 신교가 자신들의 손을 버리고 놈들과 손을 잡을 수도 있는 일인 것이다.

물론 혈마가 철혈성주로 있는 이상 그럴 일은 없겠지만, 그렇다 하더라도 결코 좋게 받아들이지 않을 것이 분명했다.

그런 그들의 우려를 알고 있다는 듯 무신은 조곤조곤 이유를 설명했다.

"이미 서로 발표를 하지 않는 것으로 합의했네. 서로 이야기를 해봤자 좋을 것이 없을 테니까. 어차피 어떻게 움직일 것인지 정보를 주고받는 것만으로도 충분할 것이니…."

"그렇기는 합니다만… 문제가 있을 수도 있습니다."

신묘의 걱정은 당연한 것이다.

자칫 사정을 모르는 자들이 서로를 공격 할 수도 있는 문제다.

작은 싸움으로 치부 할 수도 있겠지만 그것이 큰 싸움으로 번지지 말라는 법은 없다.

"그 정도는 군사인 자네가 조율 할 수 있을 것이라 생각하네만?"

"…후우."

태연히 자신을 보며 말하는 맹주를 멍하니 보던 신묘가 긴 한숨을 내쉰다.

확실히 맹주의 말처럼 숨길 수 있다면 숨기는 것이 오

히려 나을 지도 모른다.

거기에 겹치지 않도록 손발을 움직이는 것이라면 자신
이 최선을 다해 조율을 한다면 맹주의 말처럼 어쩌면 가
능한 일일 수도 있었다.

저쪽에서도 마뇌가 나설 것이니…

무림 최고의 두뇌를 지닌 두 사람이 움직인다면 분명
가능성이 없는 이야기는 아니었다.

"자네를 믿지."

단호한 맹주를 보며 신묘는 쓰게 웃으며 현실을 받아
들여야 했다.

아니, 다시 생각해봐도 이것 보다 좋은 방법도 없었다.

차라리 모르는 것이 약이라는 말도 있지 않는가.

지금이 딱 그에 어울리는 상황일 터다.

"그보다 그가 보이질 않는 군요."

상황이 정리된 듯하자 오호창제가 맹주를 보며 묻는다.

누구에 대해 묻는 것인지 이 자리에 있는 사람들 중 모
르는 이는 없다.

"폐관에 들어갔네. 이번에 얻은 것들이 적지 않음이니
완전히 자신의 것으로 만들어야지."

"왜 그가 맹주님의 제자가 되었는지 알 수 있을 것 같
습니다. 하늘이 내린 재능에 스스로 만족치 않고 끊임없

이 노력하는 자세까지. 솔직히 본가의 아해들이 본받으면 좋겠군요."

솔직한 그의 말에 현천검제가 고개를 끄덕이며 동의했다.

"해야 할 일이 있으니 스스로 강해질 수밖에 없는 게지. 자자, 그보다 앞으로의 일을 상의해보세."

무신의 말에 본격적인 이야기가 오가기 시작했다.

†

후욱!

허공을 가르는 주먹.

빠르지도 느리지 않은 평범한 주먹질에 태현의 얼굴엔 만족스런 미소가 가득이다.

뿐만 아니라 마치 춤이라도 추듯 흐느적거리며 움직이는 그의 모습은 도무지 수련 중인 사람이라곤 생각되지 않을 정도였다.

누군가 이 광경을 보았다면 수련이 아닌 장난치는 것으로 생각했을 지도 모른다.

하지만 이것은 엄연히 수련이었다.

그것도 새로운 깨달음을 얻으며 그것을 자신의 것으로

소화한 뒤 처음으로 몸을 움직이고 있었다.

"이런 식이었구나."

한참을 움직이고 나서야 얼굴에 가득한 땀을 훔쳐낸다.

얼굴 가득 드러나는 만족감.

그 어느 때보다 만족스런 태현의 얼굴.

그럴 수밖에 없는 것이 자영과 싸우는 동안 얻은 심득을 완전히 자신의 것으로 만들 수 있었다.

하나도 빠짐없이 말이다.

뿐만 아니라 천마와 무신에게 배우고 익혔던 것들까지 이젠 완벽하게 소화해내고 있었다.

"기분만으론 누구를 만나더라도 질 것 같지 않지만… 방심은 금물이겠지."

가만히 서 있는 것만으로도 온 몸에서 힘이 솟아난다.

주체 할 수 없을 정도로.

특이한 것은 그러면서도 단전이 움직이는 기미가 없다는 것이다.

태현에게 몰리는 힘의 정체는 몸 주변의 기운이었다.

아직 완벽한 것은 아니지만 몸 안의 내공이 아닌 주변의 기운을 빌려 사용 할 수 있었다.

당장은 미약하지만 이것을 완전히 자신의 것으로 만들

180

수 있다면…

무림 역사에 최강의 무인으로 불리게 될 것이었다.

그렇게 태현이 폐관수련을 하는 동안 무림은 격변하고 있었다.

수많은 피가 흐르고 철혈성과 천마신교, 무림맹이 연신 충돌하고 있었다.

본격적인 싸움은 아니었으나 분명한 것 하나는 철혈성이 더 이상 두 세력을 상대로 빼지 않는다는 것이었다.

오히려 덤빌 테면 덤벼보라는 듯 공공연하게 두 세력을 건드리고 있었다.

그나마 천마신교는 자신들의 영역이 공고하고 중원에서 멀리 떨어져 있기에 괜찮지만, 무림맹의 사정은 전혀 달랐다.

놈들이 차지하고 있는 영역에도 다수의 정파의 문파들이 자리를 잡고 있는데, 철혈성은 그들을 대놓고 핍박했다.

말을 듣지 않으면 멸문을 시키는 것으로 말이다.

이를 피하기 위해 수많은 이들이 무림맹으로 향했다.

그런 사람들이 모여들어 철혈성을 토벌하자는 목소리가 커지기 시작했고, 마침내 무림맹이 움직였다.

사천을 되찾으려는 듯 본격적인 힘겨루기에 들어가자

철혈성도 대립의 각을 세우기 시작했고, 마침내 두 세력이 마주섰다.

섬서성을 거쳐 사천에 들어가고자 한다면 반드시 거쳐야 하는 도시가 있음이니 녕강(寧强)이란 곳이다.

무림맹이 있는 곳에서 사천으로 가는 가장 빠른 길은 중경을 통과하는 것이지만, 무림맹은 지리적 이점을 내세우기 위해 일부러 녕강으로 향했다.

우선 사천과 가깝지만 그곳은 섬서다.

구파일방의 강자인 화산파가 자리를 잡고 있는 섬서인 것이다.

뿐만 아니라 사천에서 빠져나온 무인들이 집결하기에도 아주 좋은 장소였기에 정해진 장소였다.

다만 제 아무리 무림과 관이 불가침이라 하나, 수만에 이르는 무인들이 움직이는 것은 관에서도 불편하게 볼 것이 분명했다.

그렇기에 녕강에서 멀리 떨어진 드넓은 평야에 무림맹이 자리를 잡았다.

평야에서 몇 발자국 넘어가는 것만으로도 지도상 경계로는 사천에 들어가게 된다.

그것을 의식하기라도 한 듯 철혈성 역시 평야에 모습

을 나타냈다.

사실상 두 세력의 전력이 제대로 부딪치는 격전지가
될 것이 분명해보였다.

무림의 시선이 이름도 없는 평원으로 몰린다.

그리고 얼마 되지 않아 사람들은 직감했다.

이곳은 격전지가 아니라 혈해(血海)로 뒤덮일 것이란
것을.

펄럭, 펄럭-!

당당히 깃발을 휘날리며 평원에 들어서는 천마신교의
무인들을 보며 말이다.

삼각형의 구도를 이룬 세 세력.

중원 무림을 축소시켜놓기라도 한 듯한 그 모습에 호
사가들의 입이 바쁘게 떠들어대지만 누구하나 귀담아 듣
지 않는다.

어차피 자신들의 눈앞에서 벌어질 일이 아닌가.

두 눈으로 보는 것이 중요하지, 입으로 떠들어대는 자
들의 말 따위가 귀에 들어올 리 없다.

평원의 외곽이 싸움을 구경하기 위해 달려온 이들도
가득 들어찬다.

"구경났군, 구경났어."

많이도 모인 사람들을 보며 천마가 혀를 차며 말하자 마뇌가 고개를 흔들었다.

"무림의 판도가 달린 싸움이니 어쩔 수 없는 일이지요."

"그걸 누가 몰라? 저렇게 구경하고 입을 떠들 시간에 차라리 칼을 잡고 움직일 생각을 해야지 말이야. 저래놓고 꼴에 무림인이라고 설쳐대겠지."

마음에 들지 않는다는 얼굴로 신랄하게 비판하는 천마를 보며 마뇌는 속으로 한숨을 내쉰다.

어찌 그라고 해서 천마와 마음이 다르겠는가.

다만 천마가 한다고 해서 자신까지 똑같이 해버리면 안되기에 참을 뿐이다.

"저쪽이랑 연락은?"

"미리 주고받은 대로 하기로 했습니다. 물론 저희 계획대로 놈들이 움직였을 때 이야기입니다만…."

"그거야 하늘에 맡겨야 할 일이고."

당당히 하늘에 빌어야 한다는 천마를 보며 마뇌의 한숨이 깊어진다.

하지만 이는 사실이었다.

이미 철혈성주가 혈마라는 것이 알려진 상황.

혈마에겐 천마신공이 통하지 않는다.

뿐만 아니라 마기가 통용되지 않기에 혈마에게 큰 힘

을 쓸도 없는 것이 신교 무인들의 입장이다.

단순히 혈마 혼자의 문제라면 그나마 괜찮겠지만… 천마도 마뇌도 그렇지 않을 것이라 생각하고 있었다.

놈은 역대 혈마와 전혀 다른 행보를 보이고 있었다.

피에 취해 폭주하여 적아의 구분 없이 날 뛰어야 할 혈마가 폭주는 커녕 세력을 꾸리고 있었다.

그것도 수십 년에 걸쳐 철저한 계획을 세우며.

그런 놈이 이런 상황을 준비하지 않았을 리 없다.

"준비시켜. 그리고 만약의 경우가 벌어지면… 새로운 천마가 뽑힐 때까지 십만대산에 틀어박혀서 움직이지 않는다. 내가 당할 정도인데 새로운 천마가 탄생했다고 해서 놈의 상대가 될 리 없으니까."

"…알겠습니다."

최악의 상황을 가정한 그의 명령에 마뇌는 고개를 숙였다.

지난 번 싸움의 영향 때문인지 뒤돌아보지 않고 움직이던 천마가 조금씩 뒤를 돌아보고 있었다.

그것이 과연 좋은 것인지, 안 좋은 것인지 마뇌는 판단할 수 없었다.

다만 바라는 것이 있다면 그가 무사히 돌아오길 바랄 뿐.

서로 각을 세우기만 할 뿐 쉽게 움직이지 못하는 상황에서 놀랍게도 먼저 움직인 것은 철혈성이었다.

　이번 기회에 아예 싹 정리해버리겠다는 듯 무서운 기세로 무림맹을 향해 달려가는 철혈성 무인들.

　그 중 일부는 천마신교의 움직임에 대비하는 모습까지 보이며 철저히 무림맹부터 치겠다는 의지를 보이고 있었다.

　와아아아~!

　지축을 뒤흔드는 함성과 함께 달려드는 놈들을 보며 무림맹 무인들 역시 마주 달리기 시작했다.

　콰쾅~! 쾅!

　으아아악!

　굉음과 비명이 뒤섞이며 평원에 울려 퍼지기 시작하고.

　시산혈해가 가득할 싸움이 시작되었다.

第8章.

第 8 章.

퍽!

둔탁한 소리와 터져나가는 적의 머리.

손끝에서 발끝까지 전해져가는 흥분감을 느낄 틈도 없이 사내는 반대로 누군가의 검에 머리를 잃어버려야 했다.

푸확-!

높이 솟아오르는 피.

사방에 피가 튀지만 누구하나 신경 쓰지 않는다.

지금 죽은 사람의 피가 문제가 아니었다.

죽이지 않으면 자신이 죽는다.

오직 살기 위한 싸움이 시작된 것이다.

크아악!

죽기 직전의 비명.

죽어!

광기에 가득 찬 괴성.

코를 찌르는 혈향까지.

지옥과도 같은 풍경이지만 태현은 그것을 인지할 여유
가 없었다.

특무대를 이끌고 이곳저곳을 뛰어다니기 바빴기 때문
이다.

"대장! 서쪽!"

"이번엔 동쪽!"

"전방 삼십 장!"

연신 날아드는 도움 요청에 태현을 비롯한 특무대원들
은 발바닥에 땀이 날 정도로 뛰어다녀야 했다.

철혈성과의 전면전에서 밀리는 곳이 있다면 그들은
투입되었고, 균형을 이룬다 싶으면 다른 곳으로 움직였
다.

수적으로 밀리는 무림맹이기에 특무대의 실력을 최대
한 살리는 방향으로 운용하고 있는 것이다.

덕분에 특무대 전원이 죽을 것처럼 힘이 들었지만 이

들의 활약 덕분인지 아직까진 확실히 밀리는 곳이 존재치 않았다.

콰콰콱-!

굉음과 함께 태현의 칼질에 우수수 날아가는 철혈성 무인들.

푸른 검강이 선명한 태현의 등장에 창백하게 질린 얼굴로 뒤돌아 도망치는 철혈성 무인들을 보며 한창 밀리고 있던 무림맹 무인들의 얼굴에 안도감이 맴돈다.

문제는 태현이 모습을 나타내었을 때만 일어나는 현상이라는 것이다.

그가 다른 곳으로 자리를 옮기면 어김없이 다시 몸을 돌려 공격해 온다.

그런 상황이 계속되다보니 태현의 얼굴이 점차 일그러진다.

"이대로는 안 돼. 체력만 낭비 할 뿐."

결국 자리에서 멈춰선 태현은 특무대의 수하들에게 개별 행동을 지시했다.

"대장은 어찌 하시려고?"

"날 뛰는 놈들을 잡아야지."

그 말에 모두들 고개를 끄덕이며 전장으로 시선을 돌린다.

드넓은 평원에서 벌이는 싸움이니 만큼 수많은 사람들이 얽혀 싸운다.

그들 중에는 겨우 삼류에 턱걸이 한 자들도 있지만 일류를 넘어선 고수들도 대단히 많았다.

파계승인 색광살불(色狂殺佛) 역시 그런 자들 중 하나였다.

"캬하하하! 이거야! 이런 전장을 난 바랬던 것이지!"

퍽-!

주먹질 한 방에 사람의 심장을 터트려 버린 그의 손속은 잔인하기 짝이 없었다.

본래 소림사의 무승이었던 그가 파계승이 되고 색광살불이란 별호를 달게 된 것은 그 이름처럼 여색을 밝히고 살인에 미쳐 있기 때문이었다.

그런 그에게 이런 전장은 참기 힘든 유혹이나 마찬가지였다.

"켈켈켈! 이리 오너라!"

슈슈슉!

또 하나의 목표를 노리고 그의 주먹이 날아간다.

갑작스런 상황에 놓인 그가 눈을 부릅 뜰 때.

스컥-!

날카로운 소리와 함께 색광살불의 팔이 팔꿈치부터 깨

끗하게 절단되어 떨어져 내린다.

"크아아악! 아악!"

있는 힘 것 비명을 지르는 색광살불.

갑작스런 상황에 사내가 당황해하고 있을 때 그 옆으로 태현이 모습을 나타낸다.

"다른 곳으로."

"가, 감사합니다."

자신을 목숨을 구해 준 것이 무림신룡이라 불리는 태현이라는 것을 깨달은 사내가 환하게 웃으며 다른 곳으로 달려간다.

그에 반해 색광살불은 아직도 고통에 허우적대고 있었는데, 그 모습에 얼굴을 찡그리며 태현은 청홍검을 휘둘렀다.

서걱.

푸확-!

놈의 머리가 떨어져 내리고, 피를 쏟으며 쓰러지는 몸.

벌써 몇이나 이런 놈들을 상대했지만 도저히 제정신이 박혀든 놈들이라곤 생각되지 않았다.

그렇게 태현이 이곳저곳을 빠르게 돌아다니며 고수들을 상대하는 동안 무신과 혈마가 다시 한 번 마주섰다.

고오오…

선명한 혈기를 잔뜩 흘려내는 혈마를 보며 굳은 얼굴의 무신이 천천히 입을 열었다.

"대체 무엇이 널 괴물로 만든 것이냐?"

"흐흐흐, 그것을 모른다면 늙은이 당신은 머저리일 뿐."

"…이쯤에서 그만두는 것이 어떻겠느냐? 너의 욕심 때문에 수많은 이들의 피가 흐르고 있다. 그러니….

"말이 많군, 영감!"

무신의 말이 길어지자 혈마 철무진은 얼굴을 찡그리며 달려들었다.

더 이상 말을 섞기 싫다는 듯.

콰콰콱-!

쩌적!

둘의 싸움은 이제까지의 싸움이 어린애들 장난으로 보일 정도로 어마어마했다.

사방에 몰아치는 기의 폭풍은 접근하는 것만으로도 온몸을 갈기갈기 찢어버렸으며, 사방에 휘날리는 살기는 버텨내는 것만으로도 용하다 생각될 정도다.

살기 위해 두 사람에게서 멀어지는 사람들.

무림맹, 철혈성 가릴 것 없이 모두가 두 사람에게 접근하지 않으려 애쓰고 있었다.

간혹 눈먼 강기들이 사방에 퍼지며 피해를 입는 자들이 속출하고 있었지만 그때만 싸움이 잠시 멈출 뿐 승기를 잡기 위해 그들은 서로의 목을 노리고 달려들었다.

스학-!

목을 노리고 날아드는 혈마의 검을 허리를 숙여 피해내자 머리 위로 섬뜩한 소리와 함께 머리카락이 잘려나간다.

짧은 순간 혈마의 허리가 노출되고.

틈을 놓치지 않고 강하게 주먹을 찔러 넣지만 다 알고 있다는 듯 유유히 몸을 내빼는 혈마.

어느새 회수한 검을 다시 찔러온다.

번쩍!

섬광과 함께 눈앞의 가득 메우며 찔러 들어오는 무수히 많은 검을 보며 무신은 그것을 하나의 벽으로 여기며 막대한 내공을 불어 넣은 주먹으로 벽을 후려친다.

쩌정-!

콰지직!

굉음과 함께 벽이 무너져 내린다.

'할 말은 많지만…'

연신 몸을 움직이면서도 무신은 입을 달싹일 뿐, 끝내

입 밖으로 소리를 내진 않는다.

그것은 아버지의 도리를 못한 자의 소리 없는 비명.

눈앞에 있는 붉은 혈기에 집어 삼켜진 아들에 대한 안쓰러움과 미안함.

수많은 감정들이 스쳐지나간다.

쩌- 억!

순간 혈마가 강하게 휘두른 검에 지면이 크게 입을 벌린다.

피하는 것이 조금만 늦었어도 갈라진 것은 땅이 아니라 자신이었을 것이다.

오싹함이 온 몸에 퍼져가지만 무신은 쉬지 않고 움직인다.

자리에 멈춰서는 순간 놈의 먹잇감이 될 것이었다.

"우리도 시작하지."

"존명!"

천마의 명령과 함께 천마신교가 움직이기 시작했다.

이 자리에서 끝장을 보기 위해 천마신교의 전력을 조금도 아끼지 않고 동원했다.

만약 이곳에서 놈들을 막지 못한다면 신교 역사상 처음으로 십만대산에 적의 발길이 닿을 지도 몰랐다.

"쳐라!"

"와아아아-!"

거대한 함성과 함께 신교 무인들이 날뛰기 시작했다.

대비를 하고 있었음에도 진짜 신교 무인들이 움직일지 몰랐다는 듯 철혈성 무인들이 당혹해하는 것이 눈에 들어온다.

"철저하게 짓밟아. 다신 일어서지 못하도록."

천마의 차가운 명령이 누구 한 사람에게도 빠지지 않고 전달된다.

고오오-!

하늘 높이 솟아오른 마기가 평원을 뒤 덮는다!

천마신교가 참전은 철혈성에게 있어 최악이라 해도 좋을 정도로 완벽한 시기에 이루어졌다.

무림맹과의 싸움으로 충분히 평원 중앙으로 이끌려나가다 보니 자연스럽게 뒤를 내주게 되었던 것이다.

만약을 위해 준비하고 있었다곤 하나 신교의 전력을 그것으로 막기엔 불가능한 일.

결국 뒤를 내줄 수밖에 없었다.

앞엔 무림맹, 뒤엔 천마신교.

명령을 내려야 할 성주는 무신과 어우러져 싸우고 있

었고, 그 다음 책임자라 할 수 있는 황영은 제대로 상황을
지휘하지 못하고 있었다.

그나마 그가 할 수 있는 명령이라곤 하나뿐.

"무림맹을 친다! 무림맹부터 잡고나면 마교 따위야…!"

명령이 마음에 들건 들지 않건 중요한 것은 성주 다음
으로 높은 서열에 있는 것은 황영이란 것이었다.

그의 명령이 철혈성 무인들에게 전달되었고 거의 모든
전력이 앞으로 쏠려간다.

사실 그의 생각이 틀린 것은 아니었다.

단번에 양쪽을 상대하는 것보다 약한 쪽을 먼저 친 뒤,
뒤를 돌아보는 것이 약간의 희생이 따르더라도 옳은 것이
었으니까.

콰직, 쾅!

"아아악!"

"사, 살려…!"

푸확―!

평원 곳곳에서 비명과 기묘한 소리들이 울린다.

어느새 대지는 인간의 피로 붉게 물들었고, 피가 모여
강을 이룬다.

쾅―!

198

굉음과 함께 연신 뒷걸음질 치며 물러서는 무신.

"컥!"

기침을 하듯 피를 쏟아내는 그.

이미 그가 혈마의 상대가 될 수 없다는 것은 이전에 판결이 난 것이다.

오히려 지금까지 그를 붙들고 있었던 것이 경이로울 정도.

"늙은이가 귀찮게 하는군."

아무런 정이 느껴지지 않는 차가운 말투.

혈마는 진심으로 이 상황이 귀찮다고 여기고 있었다.

자신이 무신 따위에게 잡혀 있는 것도 마음에 들지 않고, 전장을 제대로 지휘하지 못하고 있는 황영도 마음에 들지 않았다.

모든 것이 마음에 들지 않았다.

모든 것을 때려 부수고 싶을 정도로.

모든 것들을 말이다.

'참자. 참아야 한다.'

하지만 이를 악물고 혈마는 깊은 곳에서부터 솟아오르는 욕망을 제어했다.

역대 혈마와 가장 다른 점을 꼽으라면 그는 자신의 욕망을 제어하고 있다는 것이었다. 그렇기에 철혈성을 꾸릴 수 있었고, 지금의 그가 있을 수 있었다.

그렇지 않고 욕망에 몸을 맡겼다면 오래 전 죽을 것이다.

혈마의 최후란 그런 것이니까.

'난 그리 되지 않는다. 혈마 최초로 무림을 손에 넣을 것이다!'

그의 눈에 욕망의 불꽃이 피어올랐다 사라진다.

다른 욕망은 제어하면서도 그것만큼은 그도 제어되지 않았다.

아주 오래된 꿈이기 때문일 터다.

우우웅ㅡ!

혈마의 몸에서 압도적인 기세가 쏟아진다.

더 이상 싸움을 끌지 않겠다는 의사표현.

하지만.

웃음을 보인 것은 무신이었다.

"늦었군."

"흐… 자네의 능청스런 얼굴이 반가울 때가 다 있군."

"호? 그런 농을 할 때도 있나? 그렇다면 해볼만 하군, 그래."

주거니 받거니 말을 건네며 조용히 등장한 것은 천마였다.

그날처럼 두 사람이 한 자리에 섰다.

"흐… 흐하하하하!"

천마와 무신.

두 사람의 조합에 혈마는 웃었다.

공기가 진동하고, 대지가 흔들린다.

거침없이 쏟아져 나오는 그의 기운에 동화된 것이다.

쿠쿠쿠…!

우웅, 우웅!

뚝.

한참을 웃던 그가 돌연 웃음을 멈춘다.

그 순간.

천마와 무신이 움직이고, 혈마가 조소했다.

푸확!

천마의 주먹을 피해내자 아래에서부터 무신의 검이 날
아든다.

주변에 굴러다니던 평범한 검일 뿐인데, 그의 손에 들
리자 무림에 다시없을 보검과도 같은 예리함을 보인다.

즈컥!

고개를 숙여 두 사람의 공격을 피해낸 혈마가 움직이려
는 순간 어느새 천마가 발목을 노리고 다리를 뻗어 온다.

혀를 차며 뒤로 반보 움직이는 순간 언제 배후로 돌아온 것인지 무신이 날카롭게 검을 휘둘러온다.

피할 곳이 없을 것 같은 순간.

혈마의 손이 기묘하게 움직인다.

휘릭.

쩡!

그의 손바닥이 공기를 강하게 때린다.

허공이 일렁이며 순간적으로 단단한 공기의 벽이 세워진다.

퍽!

작은 소리와 함께 무신의 검이 아주 조금 주춤거리고.

그 짧은 틈이면 지금의 상황을 벗어나기엔 부족함이 없다.

스르륵.

부드럽게 두 사람 사이를 빠져나가는 혈마.

절대 피할 수 없을 것이라 봤거늘, 또 한 번 빠져나가자 천마가 얼굴을 일그러트린다.

"빌어먹을!"

서슴없이 감정을 드러내는 그.

"후우, 후!"

그에 반해 무신은 호흡을 조절하기 바쁘다.

천마가 개입하기 전까지 홀로 그를 상대했던 여파가 아직도 회복되지 않은 탓이다.

이 모든 것은 미리 조율이 되어 있던 것이다.

서로가 손을 잡았음을 알리지 않기로 한 이상 최대한 서로가 겹치지 않도록 해야 했고, 그러기 위해선 아예 앞뒤로 잘라먹고 들어가는 것이 제일 좋다고 판단한 것이다.

개입하는 시기가 조금만 어긋나도 무림맹이 크게 다칠 수도 있는 일이었지만 그 정도도 받아들이지 못할 것이면 손을 잡을 이유가 없다는 무신의 주장이 받아들여졌다.

다행이 계획대로 성공했고 말이다.

남은 것은 두 사람이 혈마를 쓰러트리는 것이었다.

– 어렵겠지?

천마의 전음에 무신은 고개를 끄덕인다.

이미 한 번 붙어본 전적이 있어서 인지 몰라도 벌써부터 자신들로선 놈을 어찌 할 수 없다는 것을 알 수 있었다.

자존심이 크게 상하지만 천마는 받아들였다.

현실이 그렇다는데 어쩌겠는가.

"젠장. 밑천 또 다 드러내게 생겼군."

쿠구구!

천마의 몸에서 마기가 피어오른다.

누구보다 선명하고 파괴적인 기운으로 뭉친 그의 마기가 주변을 뒤덮으며 혈마의 혈기에 대항하기 시작했다.

　파직, 파직.

　"쯧."

　기묘한 소리와 함께 제대로 된 힘을 쓰지 못하고 사라지는 마기를 보며 혀를 차는 천마.

　새삼 놈이 혈마의 진전을 이었다는 사실이 떠오른다.

　무림 누구라 하더라도 지금 그가 내뿜고 있는 마기라면 접촉하는 것만으로도 큰 내상을 입거나 재수 없으면 죽을 것이었다.

　그런데 놈에겐 전혀 통하지 않았다.

　"빌어먹을 혈기(血氣)."

　"준비한 건 이제 끝났나?"

　차가운 혈마의 말에 천마의 살기 가득한 시선이 놈을 향한다.

　"세상에 하나 밖에 없는 혈육을 죽이려 들다니… 하긴 그러니 혈마가 된 것일 테지."

　"…죽고 싶은 모양이지?"

　"쉽게 당할 것 같나?"

　되려 웃은 것은 천마였다.

　그 미소가 이상하다 생각한 순간이었다.

콰직, 콰직.

이제까지와 전혀 다른 소리와 함께 마기가… 혈기를 집어 삼키기 시작했다.

아니, 대등하게 싸우기 시작했다.

"이건…!"

놀라며 혈기를 더욱 방출하는 혈마.

그제야 다시 마기를 집어 삼키지만 처음 관 달랐다.

조금씩 마기가 대항하고 있는 것이다.

"언제까지 당하고 있을 것이라 생각했나?"

차가운 미소로 응대하는 천마.

"혈마에게 당한 천마가 몇이나 되는지 알고 있나? 혈마라면 우리도 지긋지긋해. 그래서 끊임없이 연구하고 노력하고 개선했지."

점차 강해지는 천마의 마기.

"완벽한 천마신공을 위해서."

쿠와아악!

폭발적인 기운이 그의 몸에서 흘러나온다.

당장이라도 혈기를 삼킬 것 같은 강렬한 기세!

그에 혈마는 몸에 담고 있던 기운을 제어하지 않고 풀어냈다.

고오오.

"이것 참… 나도 얕보인 모양이군."

파지직! 파직!

두 기운이 팽팽하게 대립한다.

'허! 이 친구가 이런 기… 음?'

부들부들.

혈마와 팽팽하게 맞서는 천마를 보며 무신은 크게 감탄했다. 분명 일전까지만 해도 놈의 혈기에 크게 당했던 기억이 있는데 그것을 극복해낸 것처럼 보였기 때문이다.

그렇게 생각했는데, 무신은 보았다.

등짐을 쥐고 있는 천마의 손이 떨리고 있음을.

자세히 보니 그 등엔 땀이 가득하다.

'이런…!'

그제야 자신이 착각했음을 깨달았다.

천마는 혈기를 극복해낸 것이 아니었고, 역대 천마들의 천마신공 개량이 성공한 것도 아니었다.

미완성.

미완성의 천마신공을 그는 억지로 운용하고 있는 것이다.

그것이 얼마나 큰 위험을 동반하는 것인지 누구보다 무신은 잘 알고 있었기에, 그것을 눈치 채는 순간 손에 쥐

206

고 있던 검을 던졌다!

팟!

쐐애애액-!

허공을 찢어발기는 날카로운 소리와 함께 날아드는 검을 손을 들어 쳐내는 혈마!

그 순간.

"하앗!"

천마가 몸을 날렸고, 그 뒤를 무신이 따랐다.

콰쾅-!

후두둑!

굉음과 함께 연신 피어오르는 먼지를 뚫고 혈마를 상대하는 천마와 무신의 움직임을 태현은 놓치지 않고 머릿속에 집어넣었다.

철혈성의 고수들을 찾아 공격하던 것도 멈추고, 자리에 서서 멍하니 세 사람의 싸움을 바라보았다.

움찔, 움찔!

자신이 혈마를 상대하고 있는 듯 연신 근육들이 움찔거리며 당장이라도 뛰쳐나갈 듯하다.

쿠오오-!

태현이 서 있는 곳까지 세 사람의 기운이 살벌하게 몰

아치지만 내기를 끌어올려 막아낸다.

　세 사람의 기운이 얽히며 강력한 기의 파동을 일으킨
덕분에 태현이 서 있는 곳으로 누구도 접근치 못했다.

　자칫 휩쓸렸다간 내상으론 끝나지 않기 때문이다.

　"저길 저렇게…!"

　보면 볼수록 얻는 것이 많았다.

　고수들 간의 싸움일수록 얻을 수 있는 것이 많다고들
한다. 설령 수준이 너무 높아 당장 도움이 되지 않는다 하
더라도 언젠가 도움이 된다고도 하고.

　태현에게도 그 말은 그대로 적용되었다.

　셋의 움직임과 기의 운용.

　그 모든 것이 공부였다.

　우웅, 웅-.

　어느새 자신도 모르는 사이 내공이 운용되고 있었지만
그것도 모를 정도로 태현은 집중하고 있었다.

　웅- 웅.

　어느새 태현의 몸이 푸른 강기로 뒤덮여 간다.

†

　"죽여!"

"와아아–!"

점차 가까워지는 적들의 소리에 황영은 크게 당황했다.

무림맹과 천마신교의 무리들을 전부 합쳐도 숫자로는 철혈성이 더 많았다.

그럼에도 불구하고 밀리고 있는 것은 결국 질이 떨어지기 때문이었다.

무림맹이 문제가 아니었다.

문제는 천마신교였다.

무림최강의 문파라는 칭호가 아깝지 않게 그들의 실력은 누구하나 떨어지지 않았다.

막강한 힘으로 후방을 막고 있던 무인들이 순식간에 무너지고 있는 것이다.

"전방은! 무림맹은 아직도 무너트리지 못했어?!"

황영의 재촉에 상황을 알아보기 위해 다녀온 수하가 고개를 숙이며 보고했다.

"무림맹 무인들이 필사적으로 발을 붙들고 있습니다! 돌파까진 제법 시간이 걸릴 것이라 합니다."

으득, 으득.

수하의 보고에 손끝을 깨무는 황영.

초초할 때 나오는 그의 버릇이다.

황영이란 자리에 오르고 난 뒤 없어졌다 생각했던 버릇이지만 얼마 전부터 자신도 모르는 사이 다시 엄지를 뜯고 있었다.

　"후방을 맡고 있는 놈들… 분명 이번에 흡수한 놈들이었지?"

　"예. 중소문파들을 중심으로 후방을 맡고 있는 것으로 알고 있습니다. 때문에 더 일찍 무너진 것으로 파악하고 있습니다."

　"그래…! 놈들에게 전해. 쇄혼단을 먹으라고! 쇄혼단이라도 먹어야 놈들을 막아 설 수 있겠지! 당장 실행해!"

　"명!"

　최고의 생각이라는 듯 외치는 황영의 명령을 받아 빠르게 사라지는 수하.

　이번 싸움에 나서면서 대량으로 쇄혼단을 만들어 모두에게 뿌렸다.

　본래 철혈성 무인들에게 쇄혼단을 사용하게 하는 것은 성주의 명령이 필요하지만, 그 외의 인원들에겐 황영의 권한으로 충분히 명령을 내릴 수 있었다.

　더 중요한 것은 아직 쇄혼단의 정체를 누구도 모른다는 것이었다.

　으득, 으득.

"어떻게든 상황을 반전시켜야해. 인정을 받아야해."

으득.

엄지손톱을 물어뜯는 그의 행동이 점차 과격해진다.

NEO ORIENTAL FANTASY STORY

第 9 章.

亂鄕武姓 난 검 드림

第 9 章.

피슉-!

날카로운 권풍에 얼굴에 상처가 생기며 피가 튄다.

깊은 상처는 아니지만 자신의 얼굴에 새겨진 상처에 혈마의 얼굴이 실룩인다.

'이 늙은이들이!'

파바밧! 팟!

연신 몸을 꼬거나 눕혀 공격을 피해내는 혈마의 얼굴 위로 선명하게 드러나는 짜증.

쉴 틈을 주지 않고 이어지는 공격은 마치 오랜 세월 호흡을 맞춰온 것처럼 딱딱 들어맞는다.

혈마조차도 쉬이 빠져 나갈 수 없을 정도로 완벽한 호흡.

과연 이것이 정파와 마도를 대표하는 무인들의 호흡인 것인지 의심스러울 정도다.

스컥.

펑!

무신의 검과 천마의 주먹은 빠르기와 힘을 겸비한 채 혈마를 얽매어가고 있었다.

이전과 전혀 다른 움직임.

이전의 움직임을 생각했던 혈마가 놀랄 정도지만… 그것도 잠시일뿐.

이제 서서히 눈에 익기 시작했다.

'왼쪽… 그리고 위.'

'다시 아래. 한 번 더.'

눈에 익기 시작했다는 것은 어떻게 움직일 것이란 예측도 가능하게 만들어가기 시작했고, 잠시 뒤 혈마가 두 사람의 공격을 완전히 피해내고 제공권에서 벗어났다.

"허억, 헉. 젠장!"

"후우….."

거친 숨을 몰아쉬는 둘.

혈마를 놀라게 할 정도로 빠르고 완벽한 호흡으로 움

216

직였지만 역시 체력이 문제였다.

무림에서 무신과 마신으로 불리면 뭣하나.

근본적으로 많은 나이를 먹은 탓에 근력이 지속적으로 떨어지고 있었다.

내공의 힘으로 버티고 있지만 무호흡 공격에선 내공보단 확실한 체력이 필요하기에 그 한계가 드러난 것이다.

"흐… 늙은이들 이제 준비가 됐나?"

호흡을 정리하는 두 사람을 보며 혈마가 기분 나쁜 미소를 짓는다.

둘의 공격도 눈에 익었고 그 한계도 보았다.

두려워 할 이유가 조금도 없었다.

게다가 조금씩 자신의 혈기가 천마의 마기를 집어 삼키기 시작했다.

'역시 미완성이었나.'

지난번과 너무 달라 의심했었다.

의심이 확신이 되는 순간이다.

완성된 것이었다면 지난번에 그렇게까지 당하기 힘들었을 것이다.

천마의 자존심을 생각한다면 더욱 그러했다.

그러지 못했다는 것은 결국 미완의 무공을 다급히 익혔다는 것.

그것이 얼마나 몸에 부담이 가는지 혈마 역시 잘 알고 있었다.

'저 늙은이는 한계고. 이쪽은… 아직 눈이 살아있나?'

천마를 지나 무신에게 향하는 혈마.

생각처럼 천마는 이제 한계였다.

잘 해봐야 앞으로 일각 정도 움직이는 것이 전부일 터다. 그에 반해 초반엔 고전을 했지만 시간이 갈수록 몸을 회복한 무신은 달랐다.

반대로 쌩쌩해진 것이다.

'하지만 그뿐이지. 좋은 몸 상태로도 내게 상대가 되지 못했었다. 균형이 깨진 뒤라면… 볼 것도 없지.'

혈마는 진심으로 이 싸움이 이제 끝났다고 봤다.

그러자 자연스레 주변으로 눈이 간다.

무림맹, 천마신교, 철혈성 무인들이 얽혀 복잡하게 싸우고 있는 평원.

피가 가득 흐르고 평원 가득 사기(死氣)가 그득하다.

"크아아아!"

"캬하하!"

그때 그의 귀에 독특한 괴성이 들려온다.

흥분을 가라앉히지 못하고 자신의 힘을 폭주시키는 힘 있는 목소리.

'쇄혼단? 황영… 이놈이!'

단번에 무슨 일이 벌어진 것인지 알 수 있었다.

천마신교의 공세를 버티지 못하고 후위에 있던 중소문파의 무인들에게 나눠준 쇄혼단을 먹였을 것이다.

"이런 멍청한…!"

자신도 모르게 입으로 쏟아져 나오는 황영을 향한 욕설.

철혈성이 단 시간에 무림의 한 축으로 떠올랐지만 아직 완전하게 자리를 잡은 것은 아니었다.

그렇기에 이제 막 철혈성 안에서 자리를 잡아가는 중소문파의 무인들에게 호의를 베풀 필요가 있었다.

때문에 전선에서도 후방에 배치했었다.

자신들을 방패 막이로 내세우지 않는다는 뜻을 내보인 것이다.

이 모든 것은 훗날 철혈성의 기초를 튼튼히 해 줄 것이었다. 헌데 황영이 그 모든 것을 박살내버렸다.

자신이 무신과 천마를 잡고 난다면 그 뒤는 어렵지 않게 무림맹을 깨부실 수 있었다.

천마신교 역시 마찬가지.

약간의 희생이 있더라도 조금만 버티면 되는 일이었는데…

전부 망쳐버린 것이다.

우우우…!

막대한 살기가 혈영의 몸에서 솟구쳐 오른다.

하나 밖에 남지 않은 혈영이고 재정 관리에 쓸 만 하기에 훗날을 생각해 살려 두었다.

그런데 이젠 그럴 필요가 없게 되었다.

거친 살기의 파동 속에 무신과 천마는 전음으로 대화를 나누고 있었다.

– 무슨 이윤지 모르겠지만 놈이 흔들리고 있는 지금이 기회다. 네놈 목숨이 아깝다고 빼는 건 아니겠지?

천마의 물음에 무신이 웃었다.

– 자네나 조심하게. 미완성된 무공으로 버티는 것도 이젠 힘들어 보이니.

– 이것도 한계지. 놈도 눈치 챘을 거고. 그러니… 이번이 마지막이다. 녀석을 위해서라도 선물 하나 쯤은 제대로 남겨야 하겠지.

천마의 말에 무신은 고개를 끄덕인다.

어차피 실력 차이는 명백했다.

그들로선 혈마를 잡을 수 없다.

희망이라곤 태현이 전부인데 그에겐 아직 시간을 필요로 한다.

그렇다면 두 사람이 할 수 있는 것은 한 가지.

모자란 시간을 벌어다 주는 것이었다.

– 자네가 한 방 제대로 먹이게. 힘이 빠진 자네를 그래도 덜 경계 할 테니.

무신의 말에 천마는 고개를 끄덕이며 납득했다.

어떻게든 놈에게 제대로 한 방 먹이고 싶기에 처음부터 자신이 하려고 했던 역할이다.

호흡을 조절하며 속으로 셋을 센 두 사람이 놈을 향해 동시에 뛰어들었다.

팟!

거친 옷자락을 휘날리며 달려드는 두 사람을 보며 혈마는 더 이상 시간 끌지 않기로 마음먹었다.

이미 둘의 공격이 어떻게, 어떤 식으로 펼쳐지는지는 알아차린 상황이니 남은 것은 빈틈이 보이면 사정없이 찔러 넣는 것 뿐.

'빨리 치우고 정리해야 하겠군.'

서컥!

푸확–!

자신의 몸을 중심으로 비껴나가는 공격.

아니, 비껴나가게 피한 혈마가 검을 들었다.

이젠 정말 끝낼 시간이었다.

무림에 이런 말이 있다.

"마음이 멀어지면 눈이 멀어진다."

익숙해져서 마음이 편해지면 유심이 보고 있던 눈도 다른 곳을 향한다는 말이다.

다시 말하자면… 반복된 공격에 익숙해져 주변을 살피게 되는 것이다. 그 순간 상대에게 고정되어 있어야 할 시선이 떨어지게 된다.

적들은 그 순간을 놓치지 않는다.

상대가 누구든, 어떤 방법을 쓰던 최선을 다하라는 무림의 격언이다.

그 격언을 혈마는 잊었다.

그것이 최악의 한 수가 되었다.

즈컥!

무신의 검이 허공을 가르는 순간 나타나는 두 사람 간의 틈. 그 틈을 노리고 혈마가 검을 찔러 들어온다.

무신의 목을 찌른 뒤 그대로 천마의 허리까지 베어낼 생각이었다.

실패할 확률은 극히 적었다.

완벽하게 익숙해진 눈과 몸이 최고의 순간에 들어갔음

222

을 알려 주었으니까.

'이걸로 끝…?'

"어?"

자신도 모르게 튀어나온 한 마디.

검이 궤적상에 있어야 할 무신의 목이 존재치 않는다.

더불어 천마의 몸도.

그의 눈이 본래의 자리로 돌아왔을 때 보인 것은 철판교의 수법으로 누운 채 검을 피해낸 무신이었다.

'천마는?!'

눈을 굴려보지만 있어야 할 곳에 없었다.

그 순간 감각이 비상종을 친다.

하지만 때는 늦었다.

콰지직!

"흐리야아앗!"

천마의 괴성과 함께 그 강렬한 주먹이 옆구리에 틀어박힌 것이다.

두두둑!

뼈가 부러지고 내장이 뒤흔들린다!

울컥!

내부가 진탕하며 순간 피가 솟구쳐 오르지만 혈마는 노련하게 억지로 내리 눌렀다.

그리고.

"크아아!"

괴성을 내지르며 손에 든 검을 휘둘렀다.

서걱!

날카로운 소리와 함께 자신의 옆구리에 틀어 박혔던 천마의 오른팔이 팔꿈치에서부터 떨어져 나간다.

푸확-!

튀어 오르는 피!

이를 악문 천마는 자신의 몸에서 튀는 피를 재빨리 놈에게 뿌렸다.

잠시나마 놈의 시야를 막기 위한 임기응변이었다.

투툭!

"큭!"

임기응변이었지만 운 좋게도 피가 놈의 눈에 들어가며 시야가 완벽하게 가려진다.

갑작스런 상황에 혈마가 뒤로 물러서고, 천마 역시 재빨리 점혈로 쏟아지는 피를 막으며 물렀다.

그때 무신이 혈마를 향해 달려들었다.

놈의 목을 벨 절호의 기회!

'이걸로… 끝이다.'

자신의 혈육이지만 무신은 냉정했다.

아니, 냉정해지려 했다.

세상에 하나 밖에 없는 아들이지만 무림에, 세상에 해악을 끼친다면 차라리 자신의 손으로 거두는 것이 그를 위하는 길이 될 것이라 믿었다.

치켜든 그의 검이 빠르게 지면을 향해 쏟아진다!

그것을 뒤에서 보고 있던 천마가 비명과도 같은 소리를 내지른다.

"늦어! 피해…!"

천마는 보았다.

평상시보다 조금 높은 무신의 동작을.

마지막 일격이라 생각하고 과한 힘이 들어갔을 것이다.

평소라면 문제가 되지 않을 동작이지만 상대는 혈마.

카칵!

푸확-!

튀어 오르는 피.

'실패다!'

손으로 전달되는 느낌이 모든 것을 설명한다.

실패로 끝났음을.

그와 함께.

콰직!

혈마의 검이 무신의 심장을 꿰뚫는다!

"노오옴!"

천마가 분노하며 달려들지만 때는 이미 늦었다.

생각보다 큰 타격에 검을 찔러 넣음과 동시 몸을 날려 피했던 것이다.

털썩!

무신이 쓰러졌다.

"이보게!"

재빨리 천마가 다가와 살피지만 정확히 심장을 관통하고 있었다.

검을 뽑는 순간 죽음이 이를 것이란 사실은 그의 얼굴을 검게 물들인다.

"후, 후… 생각보다 나쁘진 않군."

"…자네!"

"괜찮네. 어차피 갈 목숨이지 않은가."

되려 태연한 것은 무신이었다.

막대한 내공으로 목숨을 붙들고 있을 뿐, 자신도 이것이 얼마 가지 못할 것임을 알고 있었다.

"사부님!"

지켜보고 있던 태현이 멀리서 빠르게 달려와 무신의 곁에 주저앉는다.

자신의 곁에 선 두 사람을 보며 무신은 웃었다.

"부탁하마."

긴말을 하지 않았다.

어차피 길게 말 할 힘도 없고, 이미 전달하고 싶은 것
은 전달한 뒤다.

무신의 얼굴 혈색이 순간 좋아진다.

"죽는 순간 내 곁을 지키는 사람이 있으니 이보다 좋을
수 없구나…."

회광반조(廻光反照).

마지막 순간이 다가오고 있었다.

점차 눈앞이 흐려져 온다.

몸 안의 모든 기운이 빠져나가고.

'이것이… 죽음이로구나.'

스륵.

무신이 눈을 감았다.

피로 가득한 평원.

곳곳에 시신으로 가득하고 승냥이 마냥 몰려든 짐승들
이 사람들의 눈을 피해 시신을 뜯어 먹는다.

시산혈해(屍山血海)라는 말이 이보다 어울릴 순 없다.

혈마의 패배와 무신의 죽음은 어지럽던 전장을 진정시

키기에 충분하고도 남음이 있었다.

마치 처음으로 돌아간 것처럼 붉게 물든 평원을 두고 대치하는 세 세력.

단지 달라진 것이 있다면…

천마신교와 무림맹이 붙어 있다는 것 뿐.

†

으직, 으직!

"사, 살려…."

콰직!

살려 달라 발버둥치는 황영의 머리를 발로 눌러 부셔 버리는 혈마.

놈의 실수만 아니었어도 천마와 무신을 죽일 수 있었다.

모든 분위기가 자신의 뜻대로 움직일 수 있는 절호의 기회였다.

그랬던 것이 이 멍청한 놈의 명령 하나 때문에 망가졌 다.

수하들의 신뢰는 둘치더라도 천마에게 당한 부상은 짧 은 시간 안에 치료 할 수 없는 것이었다.

억지로 움직이려면 움직일 수 있다.

228

하고자 하면 얼마든지 할 수 있다.

웅웅―.

몸 안의 혈기가 피를 갈구하며 끊임없이 소리치지만 혈마, 철무진은 끝내 참아냈다.

사방에 널린 피와 시신을 이용하면 상처 따위야 순식간에 수복할 수 있을 것이고, 지친 육체 역시 금세 부활할 것이다.

다만 그리 하면 더 이상 자신이 자신으로 있을 수 없다는 것이 문제다.

역대 혈마들은 그 힘의 유혹을 이기지 못했다.

"난 달라… 다르다."

으득!

이를 악무는 철무진.

부러진 갈비뼈가 강렬한 통증을 선사한다.

족히 몇 달은 쉬어야 할 판이다.

"빌어먹을!"

쾅!

그의 분노가 사방의 물건들을 향한다.

"…이상입니다."

신묘의 보고에 회의장은 침묵에 빠져든다.

이제와 신교와 손을 잡았다는 소리는 아무렇지 않을 정도로 맹주인 무신의 죽음은 모두에게 큰 충격을 주었다.

정파 무림 최강자인 그가 죽었다.

끝도 없이 강해보일 것 같던 그가.

"아무래도 오늘은 회의가 안 되겠군. 내일 일찍 다시 열지."

결국 회의를 중단하고 나선 것은 오호창제였다.

그의 말에 모두들 멍하니 자리에서 일어서서 움직인다.

그만큼 무신의 죽음이 가져온 충격은 대단한 것이었다.

"후우… 앞으로가 걱정이로군."

사람들이 전부 빠져나가자 현천검제가 그늘진 얼굴로 말한다.

무신이 죽었다는 것도 문제지만 그보다 더 큰 문제는 앞으로였다.

맹을 이끌어가는 것이야 자신과 오호창제가 있으니 어떻게든 되겠지만 문제는 혈마였다.

놈을 상대할 고수가 무림맹에 존재치 않는 것이다.

뿐만 아니라 천마 역시 오른팔이 날아 가버렸으니 과

230

거의 힘을 보이긴 어려울 것이다.

두 사람이 달려들어 겨우 패퇴시킨 혈마다.

다음번에도 같은 행운을 바라기엔… 잃은 것이 너무 많다.

"계획은 있나?"

오호창제가 신묘를 보며 묻자 그는 씁쓸한 미소를 지을 뿐 말을 하지 않는다.

아니, 할 수가 없었다.

당장 그의 머릿속도 백지나 마찬가지였으니까.

"어렵군."

그의 한마디가 지금의 상황을 대변한다.

어려웠다.

정말.

그때였다.

"철혈성 놈들이 퇴각하고 있습니다!"

갑작스런 소식에 세 사람이 서로를 바라본다.

철혈성은 조심스레 경계하며 천천히 물러서고 있었다.

비록 처음에 원하던 성과를 얻진 못했지만 그에 못지않은 성과를 올렸다.

무신을 죽였고, 천마의 팔을 잘랐다.

그 대신 철혈성주가 부상을 입어야 했지만 결과를 본다면 이득에 비해 작은 손실에 불과했다.

이신(二神)으로 불리던 두 사람의 합격진 속에서도 한 사람을 죽이고, 한 사람의 팔을 날려버린 성과가 사라지는 것은 아니었다.

아직도 멀쩡히 남은 수하들이 많은 상황에서 물러선다는 것이 얼핏 납득 할 수 없어 보이지만 실상은 달랐다.

우선 철무진 자신의 상처를 돌보기 위해서라도 시간이 필요했고, 황영의 멍청한 짓으로 인해 희생된 이들을 달래야 했다.

설령 달래지 못한다 하더라도 힘으로 제압하면 될 일이다.

외부에서 보자면 큰 문제가 없어 보이는 철혈성이지만 내부적으론 큰 문제를 안고 있었다.

성주의 팔과 다리가 되어야 할 팔영의 빈자리.

철무진은 이번 기회에 부족하더라도 그 자리를 채울 생각이었다.

이번 일로 인해 그들의 존재가 있고 없음의 차이가 너무나 크다는 것을 확인했기 때문이다.

철혈성의 퇴각에 안도한 것은 비단 무림맹 만이 아니었다.

천마신교 역시 또 다른 싸움이 벌어지지 않음을 다행으로 여기고 있었다.

어찌 그러지 않겠는가.

신교의 하늘이라는 천마가 팔을 잃었고, 놈들이 쇄혼단을 먹고 폭주하는 덕에 생각했던 것보다 희생이 컸다.

의도치 않은 곳에서 일격을 당한 셈이다.

내부적으로 추슬러야 할 필요가 있었다.

무림맹은 두 말 할 것도 없고.

결국… 서로에게 필요한 것은 시간이었다.

그 시간을 위해 암묵적인 평화를 택한 것이다.

복잡한 사정이지만 무림엔 큰 충격이지 않을 수 없었다. 이 싸움을 지켜본 이들의 숫자가 적지 않다.

무림에 소문이 퍼지는 것은 순식간일 터다.

그렇게 각 세력들이 각자의 생각을 품고 움직이고 있을 때 태현은 사부의 유해를 모시고 그와 생활했던 산으로 돌아왔다.

이곳을 떠날 때처럼 괴조의 도움을 받아 어렵지 않게 올 수 있었다.

끼아아악!

쉬지도 않고 구슬피 우는 괴조를 달래는 것을 뺀다면.

"사부님. 편히 쉬십시오. 뒤는… 반드시 제가 해내겠습니다.”

화륵-!

두 사람이 생활을 했던 집에 불이 붙는다.

활활 타오르는 집 안엔 고이 모신 무신의 시신이 있었다.

화르륵, 타닥!

시뻘겋게 솟아오르는 불길.

마치 태현의 마음을 표현하기라도 하듯 불길은 거칠고, 뜨겁게 타오른다.

태현이 무신을 이곳까지 데리고 와서 화장을 치르는 까닭은 언제고 그가 한 말을 기억했기 때문이었다.

“세상을 떠돌며 찾아낸 나만의 영역이지. 이곳을 보는 순간 나를 위한 곳이라 생각했단다.”

무신이 오랜 시간 머물렀고, 그를 위해 만들어진 듯한 공간이었다.

그렇기에 이곳에 모셨고, 이곳에서 편히 잠들기 바랬다.

불이 완전히 꺼지기 까지 무려 이틀이나 걸렸다.

규모를 생각한다면 이상하리라 만치 길게 타오른 셈이

지만, 태현은 단 한 번도 불길에서 눈을 돌리지 않았다.

잠들지도, 먹지도, 싸지도 않았다.

그저 묵묵히 서서 사부의 안녕을 빌 뿐.

완전히 흔적이 사라진 곳.

끼악, 끼아악.

괴조가 구슬피 운다.

"너도 자유를 찾아 떠나. 더 이상 널 찾지 않을 테니."

그 말을 알아들은 것인지 부리로 태현의 얼굴을 몇 번 부빈 괴조가 등을 내민다.

놈의 뜻이 전해져 왔다.

"그래. 마지막으로 우리 날아보자."

괴조는 마지막 인사를 하고 있었다.

하늘을 날아 다시 태현을 중원으로 보내주는 것으로.

끼아아악!

괴조가 하늘 높이 날아올랐고, 그 등에 탄 태현 역시 높이높이 날아올랐다.

第 10 章.

第 10 章.

폭풍전야(暴風前夜).

큰 소란이 일어나기 전의 잠시간의 평화가 무림에 찾아왔다.

철혈성도 무림맹도 천마신교도 움직이지 않았다.

그저 각자의 본거지에서 모종의 일을 처리 할 뿐.

평화로운 일상이지만 이것을 평화라 여기는 이들은 아무도 없었다.

어차피 서로가 한 하늘 아래서 보고 있을 수 없었다.

무림맹은 맹주를 잃었으니 그 복수를 해야 한다는 대의명분을 손에 쥐었다.

문제는 철혈성을 상대하기에 턱없이 그 힘이 약하다는 것이었다. 이미 전날의 싸움으로 그 한계가 여실히 드러난 상황이었다.

그나마 다행이라면 무신의 죽음이 알려지며 조금이라도 무림맹에 도움이 되고자 은거기인들이 속속 합류하고 있다는 것이었다.

없는 것보단 훨씬 더 나은 상황이기에 무림맹에선 그들을 적극적으로 받아들이는 한편 현 상황을 타계할 방법을 찾아보려 애썼지만 어려웠다.

누가 있어 무신의 무력이 필적한단 말인가.

설령 필적한다 하더라도 혈마를 이길 순 없었다.

그렇기에 무신이 죽은 것이 아니었던가.

그렇게 무림맹이 고민을 거듭하는 동안 천마신교는 의외로 잠잠했다.

아니, 그럴 수밖에 없었다.

그들이 입은 피해는 분명 작은 것은 아니지만 감수하고 넘길 수 있을 수준이었다.

문제는 천마였다.

팔을 잃어버린 천마.

오른팔을 잃어버렸지만 여전히 그는 강했다.

그럼에도 불구하고 한 사람에게 두 번이나 지는 것은

치욕이고, 이번 일의 책임을 지고 교주의 자리에서 물러설 것을 그는 선언하고 나섰다.

하지만 극심한 반대에 가로 막혀 그러지 못하고 있었다.

신교로서도 방법이 없었다.

천마가 물러서면 그 뒤를 이을 무인이 없는데다, 지금의 천마처럼 신교를 완벽하게 통제하려면 충분한 시간을 들여야 했다.

갑작스레 천마의 지위에 오른다고 해서 될 일이 아닌 것이다.

잠시간의 시간은 벌었지만 언제 싸움이 다시 시작될지 모르는 상황이기에 다들 천마의 결단을 막았다.

그렇게 두 세력이 잠잠한 사이 철혈성의 규모는 빠른 속도로 커지고 있었다.

비록 황영 때문에 약간의 무리수가 있긴 했지만 철무진의 강함을 엿본 자들은 그보다 많았다.

무신과 마신을 이긴 자!

혈마라곤 하나 자신을 완벽하게 제어하며 철혈성을 이끄는 자.

무림에 그에 대한 무수한 소문이 퍼지기 시작했고, 스스로 그의 휘하가 되고자 하는 자들이 줄을 이었다.

이미 무림에 그를 상대할 자가 없다는 것은 기정사실.

철혈성이 언제 무림일통을 할 것인지에 사람들의 관심이 더 쏠릴 정도다.

"으음…."

얼굴을 가로지르는 깊은 상처를 손으로 쓰다듬는다.

아직도 그날의 고통이 전달되는 것 같다.

뛰어난 약효과로 얼굴에 긴 상처가 남긴 했지만 움직이는데 지장이 없을 정도로 아물었다.

"쯧… 늙은이가 죽으면서."

동경을 통해 보이는 자신의 얼굴이 마음에 들지 않았다.

아니, 무신이 남긴 상처라는 것이 그는 싫었다.

볼 때마다 그를 떠올리게 될 테니까.

그렇다고 얼굴을 바꿀 수도 없는 노릇이니 어쩔 수 없다.

지끈, 지끈.

옆구리에서 시작된 진통은 숨을 쉬기 어려울 정도로 강렬하지만 이를 악무는 것으로 고통을 참아 넘긴다.

박살이 나버린 갈비뼈가 다시 자리를 잡는 덴 많은 시간이 걸릴 것이다.

아니, 어쩌면 불가능한 일일 수도 있었다.

적어도 일반적인 관점에서 보자면 말이다.

혈마의 진전을 이은 그는 비록 피를 흡수하진 않지만 누구보다 뛰어난 육체 능력을 얻었다.

그 능력을 바탕으로 빠른 속도로 상처가 아물어가고 있었다.

"그래도 제법 걸리겠군."

고통이 밀려 들 때마다 입이 쓰다.

얻지 않아도 될 상처들이다.

황영이 실수하지 않았어도.

아니, 자신이 방심하지만 않았어도 이렇게 되진 않았을 것이다.

'결국 내 탓이로군.'

여전히 입이 쓰다.

철혈성으로 복귀하자 마자 쓸만한 녀석들을 골라 팔영의 자리를 주었다.

아직은 적응하는 중이지만 시간이 흐르면 충분히 자신의 충실한 손발이 될 것이었다.

실력은 이전의 팔영보다 떨어지지만 그것은 앞으로 배워나가면서 해결 될 것이다.

이전의 팔영이 그러했듯.

"후우… 흡!"

온 몸 가득 땀을 흘리며 쉬지 않고 검을 휘두르는 태현.

오직 태산압정(泰山壓頂)만을 고집하는 그.

말이 좋아 태산압정이지 단순히 검을 머리끝까지 치켜
든 뒤 지면까지 내리는.

도로 따진다면 일도양단의 자세였다.

간단한 동작이지만 태현은 굵직한 땀을 흘리며 반복에
반복을 거듭하고 있었다.

무림맹에 복귀하고 벌써 열흘.

그 열흘 동안 태현은 폐관수련실을 한 발자국도 벗어
나지 않았다.

무신의 가르침을 자신의 것으로 완벽하게 소화해야 했
다.

죽음에 이르면서까지 자신에게 가르침을 내린 무신.

그날 보고 느꼈던 것들을 모조리 자신의 것으로 만든
다. 그것이 태현이 내세운 첫 번째 목표였다.

그날도 제법 많은 것을 얻을 수 있었지만, 다시 한 번
세 사람의 싸움을 떠올리며 조금씩 동작을 따라하는 과정
을 반복하며 태현은 엄청난 속도로 성장하고 있었다.

이젠 천마가 멀쩡하더라도 상대가 되지 않을 정도.

스스로 생각해도 대체 어떻게 이렇게까지 강해진 것인지 모를 정도다.

허나, 아직도 부족함을 느꼈다.

혈마를 잡기 위해선 더 강해져야 했다.

'천검(天劍)을 완성해야해.'

강해지면 강해질수록 태현은 천검을 완성해야만 혈마를 상대 할 수 있을 것이라 생각했다.

강해지는 만큼 보이기 마련이다.

그날 혈마의 움직임 등을 따져 봤을 때 지금의 자신으로선 도무지 상대가 되지 않는다.

더 강해져야 하고.

천검을 완성시켜야 했다.

천기자가 자신의 모든 것을 털어 넣어 만들어 낸 천검.

만든 본인도 그 끝을 알 수 없고, 완성 할 수 있을 것인지 알 수 없었던 것이지만 태현은 할 수 있다 생각했다.

'해야만 한다.'

독한 마음을 머금고 자는 시간을 줄여가며 수련에 매달렸다.

그렇게 다시 시간이 흘렀다.

반년이란 시간이.

으득, 으득!

강하게 몸을 비틀고 무리라 생각되는 동작을 취함에도 옆구리에서 올라오는 고통이 전혀 없다.

천마에게 한방 먹었던 흔적이 이젠 완전히 사라진 것이다.

"이 정도라면⋯."

반년 만에 완벽한 몸 상태가 되었다.

그 반년동안 철혈성의 규모는 더욱 커졌고, 이젠 동원할 수 있는 무인의 숫자만 해도 육만을 넘어가고 있었다.

어지간한 군대와 맞먹는 숫자인 것이다.

"이제 움직여야 하겠지."

몸 상태가 완벽해진 이상 시간을 끌고 있을 필요가 전혀 없어졌다.

그 전에도 얼마든지 움직일 수 있었지만 천마신교와 무림맹의 마지막은 자신의 손으로 내고 싶다는 욕심으로 인해 지금까지 미뤄왔다.

저벅저벅−.

천천히 발걸음을 옮긴다.

횃불이 가득 걸린 길고 높은 통로를 한참을 걷고 나면

대연무장을 한 눈에 내려다 볼 수 있는 단상으로 연결된다.

"와아아아—!"

그가 모습을 드러냄과 동시 거대한 함성이 울려 퍼진다.

"바람이 불려나….”

허전하게 빈 오른팔의 상처가 아려오자 하늘을 바라보는 천마.

아직 그는 천마의 자리에 여전히 그대로 있었다.

언제든 새로운 천마가 탄생하면 자리를 넘겨 줄 생각이었지만, 누구하나 나서는 이들이 없었다.

그것은 그동안 천마가 신교 무인들에게 받아온 인정과 존경이었으며, 현 상황을 타계하고 자신들을 이끌 사람은 그 밖에 없다는 말 없는 이끔이었다.

그것을 알기에 천마는 불편한 몸으로 신교 곳곳을 돌아다니며 혹독하게 단련시켰다.

당장 왼손으로 검을 잡아도 무림에서 수준 이상이라 불리겠지만 그뿐이다.

몸의 균형이 깨어진 이상 그것을 극복하기란 너무나 어려운 일이었다. 게다가 그럴만한 시간도 없었고.

스슥-.

천마의 뒤로 모습을 드러내는 한 사람.

천마호검대의 부대주 수라검영이었다.

"철혈성이 움직이기 시작했다 합니다."

짧은 보고에 하늘에 머물던 천마의 시선이 그를 향한다.

"언제?"

"지급으로 날아온 연락이니 삼일 전일 것입니다."

"벌써 상처를 치료한 건가."

텅 빈 자신의 오른팔을 내려다보며 쓰게 웃는 천마.

팔과 맞바꾼 한 방이었건만 벌써 움직인다는 이야기에 입이 쓰다.

적어도 일 년은 시간을 끌 수 있을 것이라 생각했다.

헌데 반년이 전부였다.

희생한 것치곤 부족했다.

"준비시켜. 이번엔 늦을 수도 없는 일이니까."

"명."

스슥.

고개를 숙이며 사라지는 수라검영.

그가 갔으니 곧 신교 전체가 시끄러워질 것이다.

이날을 위해 수도 없이 준비했고, 힘을 쌓아왔으니까.

"녀석이 잘 해주어야 할 텐데…."

다시 한 번 하늘을 보며 그가 한 사람을 그린다.

불빛 하나 없는 완벽한 어둠 속에서 태현은 가부좌를 틀고 명상에 빠져있었다.

지금이 낮인지 밤인지.

며칠이나 흘렀는지도 모른다.

그저 끊임없이 고민하고, 고민하고 또 고민했다.

천검을 완성시키기 위해.

쉬지 않고 수련을 거듭하던 태현이 방향을 바꾼 것은 몇 달 전이었다.

어느 순간 육체적 훈련으로 완성시킬 수 없을 것이란 생각이 들었다.

그와 동시 모든 무기를 내려놓았다.

명상을 통해 새로운 것들을 태현은 얻었다.

자신이 몰랐던 것들을 다시 뒤돌아 볼 수 있었고, 알아야 할 것들도 다시 정리 할 수 있었다.

제일 중요한 천검에 대한 단서 역시 얻을 수 있었다.

모든 답은 천기자 사부가 했었던 말에 있었다.

"천검(千劍)을 지배하는 자 천검(天劍)이 될 수 있을 것

이다. 천하의 수많은 검법들 중 천검의 검로를 따르지 않
는 것이 없음이니, 이것을 완벽하게 익혀야 만이 세상을
향해 나갈 수 있을 것이다."

"일 검에 천검을 파훼 할 수 있을 때, 천검을 얻을 수
있을 것이다. 피하는 것만이 능사는 아닐지니 항시 생각
하고 또 생각해야 할 것이다."

끊임없이 사부가 했던 말들이 떠오른다.

모든 해답은 그곳에 있었고, 자신은 해답을 전혀 다른
곳에서 찾고 있었다.

그러니 완성하지 못했던 것이다.

뒤늦게 방향을 새로 잡았지만 그것이면 충분했다.

'나 자신을 알아야 얻을 수 있다. 그것이….'

"천검(天劍)."

눈을 뜬 태현.

어둠속에서도 그의 두 눈이 반짝인다.

자리에서 일어난 태현은 어둠에 영향을 받지 않는 듯
자연스럽게 움직여 한 구석에 홀로 놓여 있던 청홍검을
집어 들었다.

우웅, 웅.

지난 몇 달 방치했던 탓인지 녀석이 반항한다.

그에 부드럽게 청홍검을 쓰다듬어 달랜 태현은 천천히 검을 뽑아들고 폐관실의 중앙에 섰다.

"알 것 같아."

웅ㅡ.

부드럽게 떨리는 청홍검.

"천검의 진정한 의미를."

번쩍!

태현의 어둠을 발하는 빛이 번쩍이고 어느새 손에 쥐어져 있던 검은 검집으로 들어가 있었다.

얼얼.

손바닥이 찢어질 듯 얼얼하다.

아직 완성되지 않았다는 증거다.

완벽하게 펼치게 된다면… 아무런 느낌도 나지 않을 것이었다.

"그래도 이젠 나가야 하겠지."

감각이 말해주고 있었다.

이젠 나가야 할 때라고.

끼이익ㅡ!

폐관실의 철문이 열리고 반년 만에 태현이 그곳을 벗어난다.

문이 열리며 비친 햇살에 보인 폐관실 안에는 무수히

많은 검로(劍路)가 새겨져 있었다.

모르는 이가 본다면 본래 있던 것이라 생각할 정도로 자연스러웠다.

†

얼어붙은 무림이 흔들리기 시작했다.

시작은 철혈성이었다.

침묵을 지키며 덩치를 불리는데 집중하던 그들이 마침내 긴 동면을 깨고 움직이기 시작한 것이다.

그 시작은 화산파였다.

아예 대놓고 철혈성이 화산파를 친 것이다.

갑작스럽긴 하지만 충분한 대비시간이 있었음에도 불구하고 화산은 불타올랐다.

유구한 세월을 자랑하던 전각들이 빠짐없이 불타거나 무너졌고, 수많은 화산파의 무인들이 죽임을 당했다.

철혈성은 거기에서 멈추지 않았다.

섬서성에 존재하는 문파들 중 자신들을 따르지 않는 자들은 철저히 색출하여 목을 베었다.

경고도 없었다.

따르지 않으면 죽인다.

252

단 하나의 가치와 생각으로 그들은 움직였다.

거기에 맞춰 천마신교가 움직이기 시작했고, 뒤를 이어 무림맹에서도 움직였다.

기다렸다는 듯 그들의 동작은 일사분란했다.

수도 없이 대비를 하고 준비했음이 분명했다.

무림맹으로 각파의 정예들이 모여들었다.

예전처럼 숫자를 채우기 위한 자들은 받아들이지 않았다.

불필요한 희생을 낼 필요가 없다는 두 부맹주의 계획 아래 철저히 실력이 되는 자들만을 모았다.

그 숫자가 1만이었다.

작다면 작고, 많다면 많은 숫자이지만 무림맹은 묵묵히 준비했다.

자신들이 할 수 있는 최선을 다해.

뿐만 아니라 철혈성이 움직이는 경로에 있는 문파들에 연락을 하여 모조리 비우게 만들었다.

더 이상의 희생을 보고 있지 않겠다는 뜻이기도 했지만 자신들이 준비한 장소로 그들을 이끌겠다는 생각이었다.

덕분인지 철혈성은 거침없이 움직였다.

무림맹이 선택한 장소는 무림맹 본거지가 있는 무한에

서 멀지 않은 곳에 위치한 평원이었다.

전날 싸움이 벌어진 곳보다 작지만 충분히 제대로 싸우기에 부족함이 없는 곳이다.

이미 이야기가 맞추어진 것인지 천마신교의 무인들 역시 그곳으로 향했고, 얼마든지 응해주겠다는 듯 철혈성 역시 움직였다.

건곤일척(乾坤一擲)의 승부가 벌어지려 하고 있는 것이다.

"다행이 뜻대로 움직여 주는 군요."

"시간 낭비를 하기 싫다는 뜻이겠지."

신묘의 말에 마뇌가 웃으며 말을 받는다.

평원 한쪽에 두 깃발이 함께 휘날린다.

천마신교와 무림맹의 깃발이.

서로 혼자서는 철혈성의 상대가 되지 못함을 알기에 꾸준히 연락을 취하며 힘을 합치기 위해 노력했다.

꾸준히 필요성을 역설한 덕분인지 어디서도 잡음이 발생하지는 않는다.

하긴 무림의 미래가 걸린 싸움을 앞두고 사소한 싸움을 벌일 바보는 없을 것이다.

"자신 만만하겠군요."

254

"그만한 힘을 지니고 있지 않은가. 게다가 다급할 상황에선 그 붉은 단환을 먹는 것으로 어마어마한 힘을 발휘할 수 있지. 선천진기를 폭발시키는 약으로 판명났는데… 이걸 먹고 누구도 살아남을 수 없겠지."

"무서운 것은 그런 약이라는 것을 알면서도 그들이 주저없이 명령이 떨어지면 약을 먹는다는 것이겠죠."

그날 죽은 시신에서 약을 몇 개 회수했던 그들은 약의 효능을 알아내는 것에 성공했다.

다만 똑같은 것을 만들어내는 것엔 실패했지만, 알아낸 것은 놈들이 약을 먹기 전에 처리해야 한다는 것이었다.

약을 먹으면 결과적으로 죽게 되겠지만, 그 직전까지 어마어마한 힘을 발휘한다.

거기에 휩쓸려 더 많은 희생을 내게 될 것이 분명했다.

그렇기에 아예 최정예로 무림맹을 꾸렸다.

"그보다 그는 어떤가?"

"이제까지 폐관실에서 수련을 하다가 이곳으로 오기 전날 밤으로 나왔습니다. 뭔가 달라진 것 같긴 한데… 솔직히 전 잘 모르겠더군요. 다만 부맹주님들께서 만족스런 얼굴을 하신 것으로 보아 상당한 발전이 있었을 것이라 봅니다."

"그런가. 쯧… 아직 어린 녀석에게 미래를 걸어야 한다니 불안하기 짝이 없군."

"그러게 말입니다."

한숨을 내쉬는 신묘.

두 사람의 부맹주가 있다곤 하지만 중심을 잡아줄 맹주가 없이 무림맹은 지금까지 유지되어 왔다.

그 중간에서 신묘는 신발 밑창이 뜯어질 정도로 바쁘게 돌아다녀야 했다.

이런 고생을 이해 해 줄 사람은 중원 전역을 통 털어도 마뇌가 유일할 것이었다.

툭툭.

"힘내게. 머리를 쓰는 자들의 숙명이 아니겠다."

어깨를 두드리며 말하는 마뇌에게 신묘는 웃으며 한숨을 과하게 내쉰다.

힘들긴 했지만 지금의 역할을 내려놓을 생각은 없었다.

자신의 손으로 시작한 일이니 만큼 자신의 손으로 마무리 짓고 내려놓을 계획이었다.

그것이 어떤 결과를 동반하든.

"철혈성이다!"

"놈들이다!"

펄럭- 펄럭!

거대한 깃발을 휘날리며 철혈성 무인들이 그 모습을 드러낸다.

당장이라도 싸움을 시작할 것 같은 기세를 뿜어내던 철혈성 무인들이 멈춰선다.

그리고 한 사람이 천천 걸어 나와 중간 쯤에 멈춰섰다.

웅성웅성.

갑작스런 상황에 웅성이는 사람들.

눈이 좋은 이들이 그의 정체를 밝혀냈다.

"철혈성주다!"

"혈마다!"

이곳에 있는 모든 사람의 시선이 그를 향한다.

주목 받는 것이 싫지는 않은 지, 그는 얼굴에 선명한 흉터를 손으로 쓰다듬었다.

저 멀리 휘날리는 두 깃발을 당장이라도 내꺾고 싶었다.

하지만 참았다.

철무진 스스로도 알고 모두가 알고 있는 사실.

이번 싸움이 마지막이라는 것.

이 평원에서 마지막까지 깃발을 휘날리는 세력이 중원 무림을 집어 삼킬 것이란 것.

대세는 이미 철혈성에 크게 기울어져 있었다.

숫자의 열세가 문제가 아니다.

혈마를 잡을 수 있는 패가 천마신교와 무림맹에 존재하지 않기 때문이었다.

그렇기에 이제부터 철무진이 하는 행동은 일종의 연극이나 마찬가지다. 앞으로 중원 무림 역사에 길이길이 남을 연극을 펼치려는 것이다.

"나를 꺾는 자! 무림을 가질 것이다!"

"와아아아아—!"

철혈성 무인들이 내지르는 함성으로 하늘과 땅이 울린다.

광오하다 해도 좋을 말이지만 그것이 사실이었다.

무림 최강.

그것이 혈마였다.

와아아아—!

철혈성 무인들의 함성에 하늘과 땅이 울리고 몸이 울린다.

"후…."

호흡을 가다듬는 태현.

그 어느 때보다 집중력이 살아있을 뿐더러, 마음이 평온했다.

기나긴 싸움의 끝이다.

많은 것이 걸린 싸움이지만 태현은 질 것이라 생각지 않았다. 어떻게 해서든 이길 것이다.

수많은 이들을 위해.

"부탁하마."

몸을 완전히 치유하고 이번 싸움을 위해 한 달음에 달려온 마룡도제가 태현을 손을 마주 잡는다.

"뒤를 따르겠습니다."

옆에 허유비를 끼고 싱글벙글한 남궁연호.

그렇게 허유비의 뒤를 쫓아다니더니 결국 성공한 모양이었다.

그 옆으로 말없이 단리비와 파설양이 주먹을 내민다.

툭툭.

가볍게 부딪치는 것으로 인사를 대신한다.

자신이 수련에 들어간 동안 함께 있었다고 하더니 이젠 사소한 것까지 닮아가는 두 사람이었다.

그 외에도 많은 이들이 태현을 찾았고, 마지막으로 선휘가 태현의 앞에 섰다.

환한 미소로 태현의 품에 안기는 그녀.

신의의 치료를 받았음에도 그녀는 끝내 말을 할 수 없었다.

하지만 그 눈빛과 얼굴로 충분했다.

"꼭 다시 돌아올게."

진심이 담긴 태현의 말에 그녀가 환한 미소를 짓는다.

이젠 가야 할 때였다.

第 11 章.

NEO ORIENTAL FANTASY STORY

난검무림

第 11 章.

저벅저벅–.

여유로운 발걸음으로 천천히 혈마를 향해 걸어가는 한 사람.

펄럭 펄럭!

멀리서 봐도 오른팔 부근의 옷자락이 휘날린다.

"천마…!"

"오랜만이로군. 상처는 완전히 나은 모양이야?"

"덕분에."

환하게 웃는 혈마의 두 눈에 서린 살기는 순간 천마도 움찔할 정도였지만 천마는 애써 크게 웃었다.

"허허허! 내 덕에 빨리 나았다니 다행이로군. 이럴 줄 알았으면 몸에 좋은 약이라도 챙겨 보낼 것을 그랬어."

"그랬다면 더 빨리 일을 시작했겠지."

태연하게 말을 받는 놈을 보며 천마는 빙긋 웃었다.

전엔 놈을 상대해야 하기에 웃을 여유가 없었다.

하지만 이번엔 달랐다.

놈의 상대는 자신이 아니었다.

"그 몸으로 날 상대하려는 것인가? 쓸데없는 짓이라 하고 싶군."

"허허, 무림 최고의 실력자를 상대해야 하는데 이런 몸으로 무얼 하겠나?"

펄럭─.

비어버린 오른팔을 들어 올리자 바람에 옷자락이 다시 휘날린다.

자신이 베어버린 팔.

만족스러운 미소를 짓는 혈마를 보며 천마가 인상을 쓴다.

"할 수 있다면 지금 자네 얼굴을 한대 때리고 싶구만."

"할 수 있다면 얼마든지."

"못하니까 말을 하고 있는 것이 아닌가. 쯧!"

혀를 차며 아쉽다는 듯 입을 다시는 천마.

"자네를 상대 할 사람은 따로 있네. 무림 역사상 정파와 마도가 한 사람에게 가르침을 내리기는 처음 있는 일일 것이야."

"호…."

그의 말에 흥미를 띄는 혈마.

하지만 곧 누군가를 떠올렸는지 물었다.

"설마 놈은 아니겠지?"

"어떤 놈을 말하는 것인지 모르겠지만… 아마 같은 놈이겠지."

"후… 후하하하! 이거 좋군! 좋아!"

광소를 터트리는 혈마.

그렇지 않아도 자신의 일을 사사건건 방해했던 태현을 발견하면 즉시 죽이려 마음먹고 있었다.

헌데, 자신을 상대할 자가 놈이란다.

더 없이 좋은 기회이지 않은가.

한 번에 많은 것을 얻을 수 있는 기회였다.

그런 혈마의 생각을 읽은 것인지 천마가 빙긋 웃었다.

"한 번에 많은 것을 먹으려 들다간 체하는 법이지."

"후후, 소화하기 나름이지."

"난 분명 충고했네. 자… 저기 주인공이 오는군."

저 멀리서 천천히 태현이 걸음을 옮기고 있었다.

순백의 무복을 갖춰 입고서.

"내 장담하지."

태현에게 향했던 시선이 천마를 향한다.

천마가 웃으며 입을 열었다.

"오늘 무림은 새로운 하늘을 보게 될 것이네."

저벅저벅-.

가벼운 발소리와 함께 태현은 방금 전까지 천마가 서 있던 자리에 섰다.

자신에게 부탁한다, 라는 말만을 남기고 천마신교의 수하들이 있는 곳으로 사라진 그.

'지금부턴 제 차례입니다.'

많은 이들이 자신에 앞서 나섰고 그 역할을 다했다.

이젠 그 차례가 자신이었다.

"말은 많이 들었지만 이제야 보게 되는군."

혈마가 흥미로운 눈으로 자신을 바라보며 말을 건다.

하긴 자신이 철혈성의 일을 방해한 것이 한두 가지가 아니었으니, 그도 자신에 대해 잘 알고 있을 것이었다.

"이제까지 그랬듯… 이번에도 막힐 겁니다."

"자신은 있나?"

혈마의 물음에 태현은 말없이 청홍검을 뽑아 들었다.

스르릉-.

그 모습에 혈마가 웃으며 검을 뽑아 든다.

"하긴 길게 말을 주고받을 사이가 아니지, 우리가."

고오오-.

혈마의 몸에서 혈기가 쏟아져 나오며 몸을 죄기 시작
한다.

'이게… 혈기인가.'

자신의 몸을 죄는 혈기를 충분히 접했다 판단한 태현
은 내공을 끌어올린다.

아니, 막대한 내공을 막고 있던 문을 열어버렸다.

우우웅!

고오오-.

푸른 기운이 태현의 몸 주변으로 솟아오른다.

빠르게 혈기를 밀어내며 팽팽한 기 싸움을 시작하는
푸른 기운을 보며 혈마가 재미있다는 듯 웃는다.

하지만 그 두 눈은 차갑기 그지없다.

파지직, 파직!

농후한 기운이 가까운 곳에서 부딪치니 기묘한 소리와
함께 주변에 영향을 끼치기 시작했다.

"해볼만 하겠구나."

그제야 혈마는 인정했다.

왜 천마가 물러서고 태현이 자신의 앞에 모습을 나타낸 것인지.

충분히 그럴만한 실력을 지니고 있었다.

"장난은 그만두고. 시작해 볼까?"

말과 함께 혈마의 신형이 사라진다.

쩡-!

둔탁한 굉음과 함께 땅에 굳건히 붙어 있던 발이 뒤로 밀려난다.

휘릭.

어느새 우측에 모습을 나타내며 검을 휘두르는 혈마를 보며 태현은 한 발 앞으로 내딛으며 혈마의 검 안쪽을 내려쳤다.

따당!

콰직-!

순간 균형을 잃은 혈마의 검이 땅에 박히고 그의 안면이 무방비로 드러나자 태현은 주저 없이 왼 주먹을 들었다.

뻐억-!

강한 타격음과 함께 주먹에 전달되는 짜릿한 손맛!

완벽한 한 방이었다.

"크흑!"

신음을 흘리며 뒤로 피하는 혈마.

손에 쥐고 있던 검은 놓아버린 채 몸만 뒤로 빼버린 것
이다.

"이거… 얼얼하군."

퉤!

입안에 고인 핏물을 뱉어내는 혈마.

한대 얻어맞긴 했지만 크게 개의치 않는 모습을 보며
태현 역시 신경 쓰지 않고 발밑의 검을 발로 찬다.

팍!

휘리릭– 척.

정확히 혈마의 앞에 박히는 검.

"잡아. 제대로 시작해보지."

"……."

태현의 한 마디에 자존심이 상한 듯 굳은 얼굴로 검을
붙드는 혈마.

어느 사이에 그의 몸에서 당장 태현을 죽일 듯 강렬한
살기와 혈기가 뒤섞여 흐르기 시작했다.

따끔, 따끔.

피부를 찌르는 상렬한 살기.

그 모든 것을 태현은 받아 넘겼다.

'거스르지 않는다.'

꼭 저항하고, 대항하는 것만이 능사는 아니다.

부드럽게 받아들이고, 흘려낼 줄 아는 것이 진짜 고수다.

지금처럼.

내공을 끌어올리지도 않고 자신의 기운을 아무렇지 않은 듯 받아내는 놈을 보며 혈마는 태현을 깔보던 생각을 바꾸었다.

은연중 놈을 깔보고 있던 것이 사실이다.

헌데 하는 것을 보니 깔보기는커녕 최선을 다해야 하는 상대였다.

"좋겠지."

쿠쿠쿠-.

본격적인 싸움이 시작되었다.

쾌쾅-!

쿠아앙!

굉음이 울리고 연신 먼지가 피어오르는 평원.

혈마와 태현의 싸움을 지켜보는 이들의 입이 다물어지지 않는다.

천마와 부맹주들의 억지 때문에 내보낸 것이었는데 설마하니 혈마와 대등한 싸움을 할 것이라곤 생각지 못했던 것이다.

하긴 누가 있어 이런 싸움이 벌어질 것이라 예상했겠는가.

오죽하면 두 부맹주 역시 놀라고 있었다.

놀라지 않는 것은 오직 한 사람.

천마뿐이었다.

'후후… 자네보고 있나?'

태현을 처음 보는 순간 천마는 알 수 있었다.

자신과 무신이 벌었던 시간이.

희생이 헛되지 않았음을.

오른팔을 잃어버렸지만 그 힘까지 사라진 것은 아닌 천마다.

그런 그가 태현의 힘을 읽을 수 없었다.

그 말이 뜻하는 바는 하나.

자신을 뛰어넘었다는 것.

천마는 편안한 마음으로 싸움을 지켜보았다.

할 수 있는 일은 전부했다.

남은 것은 기다리는 것 뿐.

쾌콱-!

태현의 검이 지면을 가른다.

허리를 숙여 공격을 피해낸 혈마의 검이 태현의 사타구니에서 하늘을 향해 솟아오르지만, 태현은 놀랍게도 혈마의 어깨를 딛더니 순식간에 그를 타고 뒤로 넘어간다.

빠르고, 가벼운 몸놀림.

혈마의 얼굴이 붉어진다.

농락당한 기분이었다. 그것이 사실이기도 했고.

태현이 혈마보다 월등히 빠르기에 보일 수 있는 움직임이기도 했지만, 기본적으로 혈마의 공격을 파악하고 있다는 반증이기도 했다.

분노에 찬 혈마가 연신 검을 휘두른다.

큐확-!

콰쾅! 쾅!

붉은 검강이 사방으로 날아간다.

무작위로 휘두른 탓에 피하는 것은 그리 어렵지 않았다.

"제길!"

혀를 차며 검을 집어 던지는 혈마.

쩡-!

청홍검에 맞고 튕겨나는 혈마의 검.

스스로 검을 던졌다는 것은 여러 의미를 담고 있지만, 지금 상황에서 그가 검을 던졌다는 것은…

"손에 맞지도 않는 검을 쓰는 것은 관두지."

꽈악!

냉정한 얼굴로 두 주먹을 들어 올리는 혈마.

능숙하게 검을 다루는 것은 사실이지만 본래 혈마의 무기는 두 주먹이었다.

한때 칠성좌의 한 자리를 차지했을 때 불린 그의 별호가 일권무적(一拳無敵)이다.

태현은 그것을 잊지 않았다.

"이제야 본 실력을 내보일 생각이 드는 모양이로군."

"…그랬지. 넌 그 놈들의 제자이기도 했지."

"……."

칠성좌의 사부들을 깎아내리는 혈마.

도발이었지만 태현은 넘어가지 않았다. 아니, 이제와 놈의 도발에 걸려들기엔 두 어깨 위에 놓인 것이 너무 많았다.

"자… 시작해보자."

꽈과과─!

태현의 한 마디와 함께 푸른 기운이 하늘을 뒤덮는다.

이제까지 태현도 제 실력을 발휘하지 않았단 증거를 내보이기라도 하 듯 하늘을 찌르는 어마어마한 기세에 혈마의 얼굴이 일그러진다.

하지만 곧 그 역시 기운을 쏟아낸다.

콰콰콱!

파지직! 팍!

사방에서 기의 충돌이 일어나고.

과하게 몰린 기운 때문에 돌이 허공으로 떠오르거나 갑작스레 땅이 푹 꺼지는 모습이 일어나기 시작했다.

"놀이는 끝이다."

혈기를 온 몸 가득 두른 혈마의 선언.

그와 함께 붉은 기운에 휩싸인 혈마의 신형이 태현을 향해 날아들었다.

쩍-!

청홍검이 허리를 정확히 베었음에도 굉음이 울릴 뿐 놈은 상처하나 입지 않는다.

되려 반격을 해온다.

말도 안되는 광경 같지만 태현의 머리속에는 이와 비슷한 광경이 남아 있었다.

'감영의 불괴흑마공과 비슷해 보이는군.'

쩌저정! 쩡!

단숨에 여러 번 검을 휘둘러보지만 여전히 마음에 들지 않는 타격음만 이어질 뿐, 베었다는 촉감은 전해지지 않는다.

'똑같군.'

불괴흑마공의 특성과 흡사한 정도가 아니라 손에 전달되는 느낌까지 완전히 같았다.

하긴 감영에게 무공을 전수 한 것이 혈마일 테니 같은 무공을 알고 있다고 해서 이상한 것은 아니었다.

투확-!

허공을 격하고 날아드는 혈마의 권강을 발을 놀리며 피해낸 태현은 공격의 방향을 바꾸었다.

'감영을 상대 할 때는 몰랐지만….'

지난 반년 동안 홀로 수련을 하고, 명상을 하는 동안 자신의 상대는 수도 없이 많았다.

그 중에 가장 많이 싸웠던 것이 감영이다.

명상을 통해서이긴 했지만 수도 없이 싸웠었고, 이젠 그 약점을 확실히 알고 있었다.

'약점까지 같을 것이라곤 생각지 않지만… 안 해보는 것 보다야!'

우우웅-!

푸른 검강에 태현의 검 끝에 집중적으로 생성된다.

검 전체를 감싸지 않고 송곳처럼 날카롭게 솟아오르는 검강!

"하앗!"

태현이 찾아낸 불괴흑마공의 약점!

그것은 한 점에 집중되는 공격에 약하다는 것이었다.

떠더덩-! 떵!

푸확!

눈 한 번 깜빡이는 순간 수십 번의 찌르기가 한 점에 수놓아진다.

마지막 순간.

태현의 검강이 혈마의 몸을 보호하고 있던 기운을 깨트렸다.

튀어오르는 피!

마지막 순간 몸을 피한 덕분에 큰 상처는 모면 했지만 왼팔뚝에 긴 상처가 생기는 것은 막을 수 없었다.

주룩, 주르륵-.

쉴새 없이 흐르는 피.

투툭, 툭!

어렵지 않게 점혈을 함으로서 피가 흐르는 것은 방지한 혈마가 한숨을 내쉬었다.

쉽지 않은 싸움이 이어지고 있었다.

이 모든 것이 놈이 팔영과 싸워봤기 때문이라는 것을 눈치 챈 것은 방금 전의 일격 때문이다.

276

팔영들에게 나누어 주었던 무공은 본래 혈마의 무공이다.

그것을 조금 고쳤던 것인데… 팔영 전부를 상대해 보았던 놈은 팔영들의 무공의 약점을 완벽하게 파악하고 있었다.

단순히 파악하고 있는 것에서 끝나지 않고, 그것을 실행할 힘도 지니고 있었다.

"이렇게 될 줄은 몰랐는데 말이야…."

할짝.

엄지에 묻은 자신의 피를 할짝이는 혈마.

그 어느 때보다 놈의 시선이 차갑다.

'좋지 않은데.'

본능적으로 느껴졌다.

위험하다는 것이.

하지만 태현보다 놈이 먼저 움직였다.

스팟-!

눈앞에서 모습을 지운 놈의 신형이 태현의 후방에서 나타난다.

그것을 인식하는 순간 태현은 왼발을 축으로 원을 그리며 뱅그르 돌며 재빨리 청홍검을 들었다.

쩌엉-!

지지직!

몸 전체에 오는 강한 충격과 함께 몸 전체가 뒤로 크게 밀려난다.

여기서 끝이 아니었다.

파바밧! 팟!

혈마의 신형이 빠른 속도로 늘어나더니 쉬지 않고 태현을 공격해 들어왔다.

떠덩! 떵–!

콰앙!

'전부… 진짜!'

주륵–.

절로 식은땀이 흘러내린다.

눈에 보이는 모든 신형이 진짜였고, 놈의 공격 하나하나에도 위력이 실려 있었다.

우웅– 웅.

혈마가 내뿜는 지독한 혈기가 태현을 중심으로 소용돌이치며 강하게 몰아친다.

대항하기 위해 태현도 기운을 내뿜어 보지만 소용없다.

순식간에 쓸려나갈 분.

우우웅, 웅–!

"놈! 끝장을 보자!"

혈마의 외침과 함께 놈의 신형이 일제히 달려들었다. 붉은 혈기와 함께.

"혈마폭경(血魔爆境)!"

자신을 감싸며 달려드는 기운에 태현은 자신이 할 수 있는 최고의 방어술을 펼쳤다.

츠츠츳!

"호검(護劍)."

기묘한 하게 검이 움직이고 태현의 앞으로 푸른 막이 모습을 드러낸다.

천검삼식의 유일한 방어초식.

호검이다.

쿠아앙!

쾅—!

굉음과 함께 먼지가 피어오른다.

그 중심에서 고스란히 공격을 받은 태현도 무사하진 않았다. 온 몸에서 비명을 질러대고 청홍검을 쥐었던 손바닥이 찢어지며 피가 흘러내린다.

마지막 순간 내공을 끌어올려 몸을 보호한 덕분에 내상을 입지는 않았지만 육체적인 타격이 제법 컸다.

"이걸… 막아내?"

하지만 정작 놀란 것은 혈마였다.

도저히 막아 낼 수 없을 것이라 생각한 순간 놈의 몸을 중심으로 생성된 푸른 막.

그것이 어떠한 종류든 박살낸 자신이 있었던 혈마였다.

헌데 결과는 달랐다.

약간의 충격을 받은 것 같긴 하지만 멀쩡했다.

"이젠 내 차례지?"

"뭐?"

받은 만큼 돌려준다.

청홍검이 허공을 베었다.

"극검(極劍)."

쩌어억-!

귀를 어지럽히는 소리와 함께 허공이 갈라진다.

푸확-!

섬뜩한 소리와 함께 허공에 튀어 오르는 피.

자신의 쩍 벌어진 가슴에서 끊임없이 흐르는 피를 보며 혈마 철무진은 믿을 수 없다는 얼굴로 상처를 내려다본다.

강렬한 충격에 고통도 느껴지지 않는다.

첨벙.

흐르는 피를 손으로 만져보는 혈마.

설마 허공을 격하는 검술이 있을 것이라곤 조금도 생각해 본적이 없었다.

놈의 검이 허공을 가르고 뭔가 이상하다 싶은 순간 뒤로 몸을 피하려 했지만 때는 늦어 있었다.

꿀럭, 꿀럭.

극검을 펼친 태현도 조금 놀란 상태였다.

설마하니 이것이 먹힐 것이라곤 생각지 않았다.

놈을 괴롭힐 수 있을 것이라 생각했지만 말이다.

"흐… 흐하하하! 으하하하!"

두 손 가득 묻은 피를 보며 혈마가 광소를 터트린다.

'미친 건…!'

미쳤다고 생각하는 순간 놈의 몸에서 이제까지와 비교할 수 없는 혈기가 흐른다.

무겁고, 공포스러우며, 피를 갈구하는 검붉은 혈기가 하늘을 뒤덮는다.

태현은 몰랐다.

이제까지 철무진이 자신의 이성으로 움직이기 위해 혈마의 힘을 완벽하게 받아들이지 않았다는 것을.

그랬던 것이 태현의 일격에 이성이 끊어지며 완전히 혈마를 받아들였다.

푸화확-!

하늘 높이 솟아오르는 검붉은 혈기.

다급히 대항하기 위해 내기를 끌어올리려는 순간.

파앗!

놈이 철혈성 무인들이 있는 곳으로 몸을 날린다.

갑작스런 상황에 모두가 당황하는 것도 잠시.

우우웅-!

놈의 수도(手刀)에 몰리는 검붉은 기운을 뒤편에서 본 태현이 재빨리 외쳤다.

"피해!"

"캬아아악!"

쯔컥.

비명과도 같은 소리와 함께 휘둘러신 수도를 따라 길게 늘어트려져 날아가는 검붉은 강기.

갑작스레 날아든 강기를 피해내는 사람은.

몇 되지 않았다.

푸화-!

좌아악!

목이 날아가거나, 몸이 양등분 나거나.

강기에 당한 이들이 쓰러지며 순식간에 사방에 피가 가득 튄다.

282 6

"으, 으아아악!"

"아아악!"

뒤늦게 무슨 일이 벌어진 것인지 알아차린 자들이 비명을 지르며 자리를 벗어나려 했지만 이미 늦었다.

"캬하하하!"

고고고—!

사람들이 몰린 중심에 내려 선 혈마가 주저 없이 주변으로 손을 뻗으며 혈기를 폭발적으로 쏟아낸다.

그 순간.

"어? 내 몸이… 왜…."

"나…."

털썩, 털썩!

검붉은 혈기가 휩쓸고 지나간 자리에 살아있는 자는 없었다.

남은 것이라곤 피를 완전히 빨린 듯 고목이 되어 버린 시신들 뿐.

꾸물, 꾸물.

피를 흡수한 검붉은 기운들이 놈에게 회수된다.

그와 함께 벌어진 상처가 서서히 수복되기 시작했다. 언제 상처가 났었냐는 듯.

뿐만 아니라 그 짧은 시간 강해진 듯 놈에게서 풍기는

기세가 어마어마했다.

"젠장! 도망쳐라!"

태현이 짧게 외치며 놈을 향해 달려들었다.

"최대 속도로 후퇴한다! 즉시!"

굳은 얼굴의 천마의 명령에 신교 무인들이 일제히 뒤로 빠지기 시작했다.

갑작스런 사태에 무림맹의 두 맹주가 달려왔지만 이어진 천마의 설명에 재빨리 그들도 뒤로 몸을 빼기 시작했다.

"저게 진짜 혈마다. 가까이 가는 것만으로도 피를 빨려 죽을 거다. 살고 싶으면 피해. 당장!"

쾅!

"이상하다 싶었는데…!"

부들부들.

천마의 몸이 떨린다.

자신의 실책이었다.

놈이 철혈성의 성주라는 사실과 혈마의 전인이라는 것에만 집중하는 바람에 본래 혈마가 어떤 힘을 지니고, 발휘하는지에 대해 소홀했다.

아니, 알고 있었는데도 놈의 멀쩡한 모습에 속아 넘어

가버렸다.

그 결과가 이것이었다.

다행히 철혈성 무인들이 있는 곳으로 놈이 달려갔으니 망정이지 이쪽으로 왔다면 덧없이 죽는 이들이 한 둘이 아니었을 것이다.

더 큰 문제는 놈이 각성을 한 이상 그렇지 않아도 강적을 상대해야 하는 태현이 더 강한 적을 만났다는 것이다.

"빌어먹을!"

第12章.

NEO ORIENTAL FANTASY STORY

난검무림

第 12 章.

쩌정! 쩡-!

혈마를 상대하는 태현은 정신이 없었다.

사람의 모습을 하고 있지만 놈이 하는 행동은 결코 사람의 것이 아니었다.

마치 개처럼 두 발과 두 손을 바닥에 짚고 빠르게 움직이는가하면, 손이나 발이 아닌 커다랗게 벌린 입으로 물어뜯어 온다.

마치 동물이라도 된 것 같은 모습.

쩌엉-!

찌릿찌릿.

"크흑…!'

문제는 이런 공격에 조금씩 밀리고 있다는 것이었다.

형태가 정해져 있지 않은 공격이니 파악하고 싶어도 파악 할 것이 없었고, 공격 하나하나가 어마어마한 힘을 싣고 있다.

어떻게든 버텨보려 하지만 쉽지 않았다.

'이게… 대체 무슨 일이야?'

당황하면서도 빠르게 대처해가는 태현.

혈마에 대한 정보를 건네지 않은 천마의 실수였지만 상황을 모르는 태현으로선 혈마가 폭주했다고 생각했다.

하긴 그렇게 보이긴 했다.

사방에 날뛰는 혈기와 인간의 모습처럼 보이지 않는 모습까지.

"크아아!"

쩌저적!

입을 벌려 물어오는 것을 재빨리 청홍검을 들어 막았다.

놈의 날카로운 이빨이 청홍검을 물어뜯는다.

"대체…!"

사람의 것이 아닌 것 같은 치아.

놀라고 있을 틈이 없었다.

어느새 바닥을 박찬 놈이 두 발을 겹쳐 발차기를 해 온
것이다.

팟!

몸을 날려 공격을 피한다.

떠엉—!

땅을 때리자 가벼운 진동과 함께 주변의 땅이 함몰된
다.

그 위력이 얼마나 강한 것인지 짐작 할 만하다.

'상처까지 아물었다. 이건… 더 이상 인간이 아닌 건
가?'

자신에게 물어보지만 태현이 내릴 수 있는 대답은 하
나다.

더 이상 인간으로 볼 수 없다는 것.

또 하나.

'중요한 것은 상황이 어쨌든 놈은 놈이라는 것!'

반짝.

태현의 두 눈이 빛난다.

우우웅—!

다시 한 번 청홍검이 푸른빛을 토해내고.

"극검!"

쩌저적!

다시 한 번 펼쳐지는 천검삼식.

허공을 베며 날아드는 공격에 본능적으로 몸을 날려 피하는 놈!

서컥!

하지만 완전히 피하진 못했다.

뚜둑! 뚝!

왼팔이 뚝 떨어져 내린다.

"캬오오오!"

놈이 비명을 내지르며 다시 한 번 주변의 사람들을 향해 달려갔다.

"으아아악!"

"핫! '

쩌저정! 쩡!

하지만 이번엔 태현도 놓치지 않았다.

혹시나 이런 일이 또 벌어지지 않을까 하고 준비하고 있었다.

단숨에 검강에 격중 당한 놈이 바닥에 틀어박힌다.

이미 이전의 공격을 통해 놈에겐 검강도 먹히지 않는다는 것을 알았다.

하지만 베이지 않았다 뿐이지, 충격은 고스란히 받는 것인지 비명을 내지르며 자리에서 벌떡 일어서는 놈.

"캬르르르…!"

낮은 자세를 취하며 태현을 경계한다.

어느새 놈의 몸에선 더욱 진한 혈기가 흐른다.

꾸물꾸물—.

혈기가 흐른다 싶더니 떨어져나간 팔에 집중된다.

그러자 놀랍게도 놈의 팔이 다시 자라나는 것이 아닌가! 기괴한 모습이지만 분명 잘려나간 팔에서 또 다른 팔이 자라나고 있었다!

"미치겠군."

솔직한 마음이었다.

한 고비 넘었다 생각했더니 또 다른 고비가 찾아온다.

게다가 하는 것을 봐선 어지간한 공격으론 소용없다.

웅웅—.

청홍검이 낮게 울었다.

"그래. 그것 밖에 없겠지."

이미 정답은 나와있다.

천검삼식이 통하지 않는다면 그보다 더 높은 검술을 펼치면 될 일이다.

"캬아아아!"

어느새 돋아난 팔을 자랑하며 달려드는 놈.

쩌정! 쩡!

투확-!

발로 강하게 걷어차도 잠시 떨어져 나갈 뿐 놈은 집요하게 달려들었다.

본능적으로 거리를 벌려선 안 되는 것을 알아차린 것인지 쉬지 않고 달려드는 놈.

연거푸 검을 극검을 펼쳐보지만 놈은 달려드는 것을 멈추지 않았다.

오히려 극검에 당하고도 상처가 봉합되는 것이 더욱 빨라지고 있었고, 놈의 주변으로 퍼지는 혈기는 더욱 지독하게 변해갔다.

콰직-.

"사, 살… 크아아악!"

운 나쁘게도 도망가지 못하고 놈에게 붙들린 철혈성의 무인이 비명과 함께 말라 비틀어진다.

"캬아아…!"

순식간에 피를 흡수하고 나서야 살겠다는 듯 소리를 지르는 놈을 태현은 더 이상 봐줄 수 없었다.

아직 미완성의 초식이지만 문제없었다.

'할 수 있어. 할 수 있다, 난!'

강하게 자신에게 최면을 건 태현은 놈을 주시했다.

일정한 형식도 없이 달려드는 놈을 상대하기 위해 태

현은 천검삼식의 하나인 파검(破劍)을 꺼내 들었다.

본래 파훼검인 파검은 놈의 정신없는 공격에도 통했다.

쩡-!

정확히 놈이 움직이는 길목을 차단하며 튕겨내는 파검.

그리고.

또 한 번 극검이 펼쳐졌다.

.쩌어억!

공간이 갈라지고.

다시 놈의 가슴이 크게 벌어진다.

"크아아악!"

비명을 내지르는 놈의 상처가 빠르게 아물어간다.

하지만 준비는 끝났다.

하늘 높이 치켜든 청홍검이 푸른빛을 머금었다.

남은 것은 자신의 모든 것을 쏟아내는 것 뿐.

"천검(天劍)."

빛이 번쩍인다.

울컥, 울컥!

심장일 뛸 때마다 벌어진 상처 틈으로 쉴 새 없이 피가 솟구쳐 오른다.

당장이라도 심장이 뛰는 것이 멈춰도 이상하지 않을 상황.

"고통이 심하면 아무런 감각이 없다더니, 사실이었군."

하늘을 향해 누운 채 혈마 철무진이 말을 한다.

어느새 그는 다시 본래의 모습으로 돌아와 있었다.

인간이 아닌 것 같던 모습은 온데간데없다.

"마지막… 초식은 뭐였지? 부끄럽지만 혈마 놈에게 의식을 완전히 빼앗겨버린 바람에 제대로 보지 못 했거든."

쓰게 웃고 있지만 오히려 그것이 더 놀라웠다.

혈마에게 완전히 잡아먹히고 나서도 자신의 의지를 가지고 몸의 통제권을 찾으려고 했다는 것이니까.

'마지막 순간 몸이 멈춘 것 같더라니… 착각이 아니었구나.'

찰나의 순간 혈마의 몸이 움찔거리며 멈췄었다.

착각이라 생각했었는데 그게 아니라, 철무진이 혈마에게 자신의 몸을 돌려받기 위해 싸우던 영향이었던 모양이다.

"천검. 천기자 사부님의 정수가 담긴 무공입니다."

"천검… 천검이라. 후… 하하하하하! 결국 모든 것은 하늘의 뜻이었단 말인가?"

크게 웃음을 터트리는 철무진.

그의 가슴이 오르내릴 때마다 피가 연신 울컥거리며 흘러내린다.

어느새 그의 몸 주변으로 작은 웅덩이가 고일 정도로 많은 피가 모여들었다.

"이놈의 몸은 혈마 놈 때문에 쉽게 죽지도 못하는군."

당장에 죽어도 이상할 것이 없지만 역설적으로 혈마로 인해 그는 아직도 숨을 쉬고 있었다.

그것도 얼마 남지 않은 듯싶었지만.

그리고 아직 그의 숨이 붙어 있을 때 태현은 묻고 싶었다.

"왜… 그랬습니까?"

"뭘 말이지?"

슥—.

대답 대신 청홍검을 들어 올리는 태현.

그제야 무슨 이야기인지 알아들은 그가 자조적인 목소리로 답했다.

"너희 가문뿐만이 아니다. 과거 무림을 호령했던 가문들 중 무림과 인연이 있는 곳이라면 모두 불태워버렸지. 수십, 수백의 가문이 내 손에 없어졌을 거다."

"왜 그랬습니까?"

"나를 위해."

철무진이 웃었다.

"한 번 뛰어난 인물이 태어난 가문은 그 혈통에 따라 뛰어난 재능을 가진 아이가 태어날 확률이 높지. 그런 놈들이 훗날 내가 이룰 대업의 방해가 될 것이라 생각했다. 너도 들어봤을 테지? 대업을 앞두고 나타나는 무림 신성들. 그런 놈들 때문에 대업은 실패하고 몰락하고 말지."

"그런 이유 때문에…!"

분노하는 태현에게 그는 다시 웃었다.

"내겐 전부였으니까. 천하를 내 손에 쥐는 것만이 내가 할 수 있는 일이고, 내 전부였다. 그러기 위해 무수히 노력했고, 그 노력의 결과 중 하나가 너희 가문 같은 일 뿐이다."

부르르르.

끝내 반성하지 않는 그를 보며 태현은 이를 악물었다.

당장에 놈의 심장을 꿰뚫어버리고 싶지만 이미 죽어가는 놈이다.

자신의 손을 쓸 필요는 없다고 생각했다.

"후… 빌어먹을 하늘 같으니라고."

그 말과 함께 눈을 감는 그.

멀리 떨어졌던 사람들이 하나 둘 다가서고 있었다.

"확실하게 날 죽여라. 되도록 흔적을 남기지 말고. 혈마는 죽지 않는다. 또 다른 숙수를 찾아 이동할 뿐이지. 최대한 평화롭게 살고 싶다면 내 존재를 지워 버리는 게 좋아. 크크큭! 그러면 혈마가 부활하는데 꽤 오래 걸리거든."

눈을 감은 채 말하는 그.

태현은 철무진의 말을 믿어야 할 지 감을 잡을 수 없었다.

하지만 곧 철무진의 상처가 조금씩 아물어가고 있는 모습을 보며 그의 말이 사실이라는 것을 알 수 있었다.

"그래… 천검. 그게 좋겠군. 이 세상에서 볼 수 있는 가장 아름답고, 가장 강한 검. 그거면 충분하겠어."

스르릉-.

태현의 청홍검이 검 집을 벗어난다.

우우웅-.

강한 공명음을 울리는 청홍검.

녀석도 알고 있었다.

놈이 가문을 없애고, 태현 이전의 주인을 죽인 원흉이
라는 것을.

청홍검 위로 푸른 기운이 서리기 시작하고.

검이 하늘을 향한다.

"잊지 마라. 나 같은 놈이 또 없을 것이라고 장담 할 수
없는 것이 무림이다. 지겹도록 반복될 거다. 피가 흐르고,
또 흐르고. 그것이… 내가 생각하는 무림이니까. 무림은
피가 흐르지 않으면 완성되지 않는 곳이다. 크흐흐, 크하
하하!"

철무진의 광소를 들으며 태현은 눈을 감았다.

그리고.

"천검."

빛이 떨어져 내린다.

"그럴 일은 없을 겁니다. 적어도 내가 살아 있는 한."

청홍검을 챙기며 고개를 들었다.

그 어느 때보다 청명한 하늘이었다.

終.

亂劍武林
난검무림

終.

"으음…."

천마, 아니 이젠 천마의 자리에서 물러난 단리헌의 얼굴이 심각하다.

"이걸 어찌한다."

그가 평생을 살면서 이렇게까지 고민을 해 본 일이 없었을 정도다.

"이 팔만 있었어도…."

허전한 오른팔이 이때만큼은 아쉽다.

"으아앙! 앙!"

눈앞에서 목청 것 울어대는 아기.

실례를 한 것이 분명하다.

기저귀를 갈아야 할 텐데 평생 그런 것을 해본 적도 없거니와 왼손으로만 하려니 어렵기만 하다.

"으아앙! 앙! 아아앙!"

쉬지도 않고 울어대는 아기를 보며 결국 결심한 듯 단리헌이 아이의 옷을 벗기기 시작했다.

금세 기저귀만 남은 아이.

덜덜덜.

떨리는 손으로 기저귀를 묶고 있던 끈을 푼다.

그와 함께 기저귀가 흘러내리고.

"좋아, 이제 반쯤 했…."

쏴아아아…

얼굴을 때리는 따뜻한 물줄기.

목청이 터져라 울던 아이가 이 순간만큼은 방긋거리며 웃고 있었다.

무림 최고의 자리에 한 때 있었던 그가 아기의 오줌을 맞았다는 사실이 알려진다면 상당히 웃음거리가 될 일이다.

하지만.

"아이고, 시원하게도 누는구나!"

되려 단리헌은 좋아했다.

찜찜할 만도 하건만 아이의 미소에 얼굴이 환해진다.

"헉! 할아버지!"

뒤늦게 방에 들어와 상황을 알아차린 성숙한 여인이 깜짝 놀라 달려왔지만, 단리헌은 웃었다.

"이럴 땐 사람을 부르시라니까요! 시비들 뒀다가 뭐해요?"

"허허, 괜찮다. 괜찮아. 내가 괜찮다는데 누가 뭐라 하겠느냐!"

"하아… 아무리 그래도 아기 오줌 맞고 좋아하시는 분은 할아버지 밖에 안 계실 거예요."

한숨을 크게 내쉬며 익숙한 손길로 기저귀를 갈아 채우는 단리비. 숙련된 그 모습을 보며 단리헌은 그 모습을 머리에 새겼다.

다음번엔 반드시 자신의 손으로 기저귀를 갈겠다는 일념으로.

"그보다 그 녀석은 아직도냐?"

"지금 정신이 한참 없을 때잖아요."

"뭐, 그렇긴 하지. 조용히 살겠다는 사람을 왜 이렇게 시도 때도 없이 불러내는 건지, 원."

단리헌의 투덜거림에 단리비가 피식 웃었다.

"별 수 있어요? 잘난 사람을 지아비로 둔 것은 한탄 해야죠."

"흐흐흐, 우리 손녀사위가 좀 잘나긴 했지."

헤픈 웃음을 짓는 단리헌을 보며 단리비는 결국 크게
웃음을 터트렸다.

"으아아악…!"

방 안쪽에서 들려오는 비명소리에 문 밖을 서성거리는
여인의 얼굴에 당혹감이 서린다.

"어, 어쩌지? 어쩌지?"

"으흐흑!"

연신 들려오는 소리에 파설경의 얼굴 가득 식은땀이
가득 흘러내린다.

"하필이면 왜 오늘이야. 아직 열흘이나 남았다고 했는
데!"

초조하게 방문 앞을 오가는 파설경.

"으흐흑!"

다시 한 번 들려오는 신음소리에 결국 참지 못한 그녀
가 밖으로 향했다.

"젠장! 이젠 나도 못 참아!"

파바밧!

둔탁한 발소리지만 그 신형이 보이지 않을 정도로 빠

르게 움직인 파설경이 어느새 깊은 계곡을 벗어나 험준한 산을 뛰어넘는다.

어느 정도 움직였다 싶은 순간이었다.

"어?! 오는 구나!"

저 멀리 그녀의 눈에 몇 사람이 보인다.

한참 거리가 있음에도 그녀는 다급하게 소리쳤다.

"빨리 가봐! 낳기 직전이야!"

그녀의 목소리가 들린 것일까?

이곳으로 달려오던 사람 중 한 사람의 신형이 번개처럼 사라졌다.

"와우… 여전히 빠르다니까."

혀를 내두르는 사이 몇몇 인영이 그녀의 곁에 내려선다.

"오랜만입니다."

"넌 오지 말고 가!"

뻔뻔하게 웃으며 고개를 숙이는 미중년.

이제는 하도 봐서 익숙해져버린 남궁연호에게 손짓을 하는 그녀.

"에이, 누님 그러지 마십시오. 좋은 게 좋은 거라고, 사람이 자주 볼수록 정이 드는 것 아니겠습니까?"

"이제 무림맹주가 됐다고 까부네? 제대로 맞아 볼테냐?"

주먹을 내미는 그녀를 향해 빠르게 고개를 흔드는 남궁연호.

그 모습이 익숙한 듯 맹주를 호위하기 위해 온 자들이 한 숨을 내쉰다.

"조용히 살겠다는 사람 좀 그만 불러! 이제 너희들끼리 해먹어도 되잖아!"

"하하, 형님을 무림에서 찾으니 어쩌겠습니까? 게다가 저희 손으로 해결되지 않는 문제도 한 가득이고요."

"그게 바로 실력 부족이라는 거다. 오랜만에 비무 한 번 해봐?"

"사양하겠습니다."

정색하며 고개를 흔드는 남궁연호.

무림맹주의 자리에 오른 만큼 자신도 실력에 자신이 있지만 눈앞의 여인에겐 조족지혈이었다.

천력신공의 주인 패권(覇拳) 파설경.

여인의 몸이지만 주먹질에선 따르는 자가 없을 정도로 강한 여인이었다.

"그보다 낳는 다뇨?"

"응? 못 들었어? 오늘 언니 애 놓잖아."

"아… 아?!"

남궁연호의 입이 떡 벌어진다.

308

"선휘야아아아!"

쾅-!

문을 부수며 달려 들어오는 태현을 향해 이젠 완전히 늙은 신의가 마음에 들지 않다는 듯 곰방대를 휘두른다.

퍽!

"산모가 있는 방에 함부로 들어오는 놈이 어디에 있더냐! 첫 번째도 아닌 놈이 호들갑은…! 에잉!"

휘적거리며 방을 빠져나가는 그의 뒤를 따르는 청년이 있었다.

"형님 걱정 마세요. 아이도 건강하고 형수님도 건강하세요. 그리고 득녀 축하드립니다."

"이놈아 빨리 와!"

"예, 사부님!"

신의의 재촉에 선호가 재빨리 뛰어나간다.

보자기 속에서 꼬물거리는 아이를 보며 태현은 웃었다. 그리고 땀을 가득 흘린 선휘에게 가볍게 입맞춤한다.

"수고했어. 그리고 고마워."

고개를 젓는 그녀.

선휘의 얼굴에 행복이 가득하다.

혈마의 난이라 이름 붙여진 그날의 마지막 싸움 이후 태현은 선휘와 함께 무림에서 그 모습을 감추었다.

해야 할 일을 전부 다했기 때문에 더 이상 무림에 큰 미련은 없었다.

하지만 사람의 인연이라는 것은 신묘하여, 결국 다시 무림에 발을 딛게 되었다.

그때의 인연으로 태현은 반 강제적으로 선휘 이외의 부인들을 들여야 했는데, 그것이 단리비와 파설경이었다.

자신이 아니면 차라리 목숨을 끊겠다며 둘이서 난리를 피우는 통에 결국 받아들일 수밖에 없었던 것이다.

물론 그 이전에 선휘의 인정을 받아야 했지만.

어쨌거나 선휘와 가장 먼저 결혼을 하고서도 아이가 생기질 않았는데, 마침내 어여쁜 딸을 낳은 것이다.

몇 달 전에 단리비에게서 아들을 보지 않았다면 선휘의 딸이 태현의 장녀가 되었을 터다.

"당신을 닮아야 할 텐데…."

벌써부터 아이를 보며 걱정하는 태현에게 선휘가 고개를 저었다.

- 당신을 닮아도 예쁘게 자랄 거예요.

"그러면 좋지."

머릿속에 선명하게 울리는 선휘의 목소리.

혜광심어(慧光心語)였다.

선휘를 위해 태현이 직접 소림에 부탁을 했고, 정파 무림을 구한 공로를 인정받아 선휘만 사용할 것을 허락 받았다.

선휘의 상황에서 혜광심어는 그야 말로 최고의 선택이었다. 자유롭게 얼마든지 대화를 할 수 있었으니까.

물론 이를 익히기 위해 부단한 노력을 가해야 했지만, 괜찮았다.

자신의 곁엔 태현이 함께 하고 있었으니까.

– 그보다 이젠 설경이 차례인가요?

그 물음에 태현의 얼굴이 창백해진다.

벌써부터 밤이 무서워 오기 시작했다.

선휘와 단리비가 아이를 낳았으니 분명 이젠 자신의 차례라며 덤빌 것이 뻔했으니까.

그런 태현의 얼굴을 보며 선휘는 웃었다.

지금 이 순간이 너무나 좋았다.

무림과 전혀 관계없는 평화로운 이 순간이.

"언니, 괜찮아?!"

"드디어 내 차례네!"

차례로 단리비와 파설경이 웃으며 방으로 들어온다.

모두의 얼굴에 행복이 가득 깃들어 있었다.

"자기, 가자! 이제 내 차례니까!"

어느 새 파설경에게 붙들린 태현이 창백해진 얼굴로

재빨리 외쳤다.

"잠, 잠깐만! 일단 기다리자. 응? 아직 얘기 이름도 못 지었잖아?"

"이름?"

"그, 그래!"

순간적으로 한 말이지만 모두의 시선이 태현을 향한다.

당장을 모면하게 위해 한 말이긴 했지만 이미 태현의 머릿속엔 딸의 이름을 정해 놓고 있었다.

"이 아이의 이름은….."

〈大尾〉